大旗出版
BANNER PUBLISHING

大旗出版
BANNER PUBLISHING

大旗出版
BANNER PUBLISHING

大旗出版
BANNER PUBLISHING

忽必烈的詛咒

目錄

目錄

目錄

一介游民

頭戴鴨舌帽、披頭散髮、衣衫襤褸的羅貴旺，不敢再吞口水了，口水越吞越餓，身無分文的他，也只能找水喝充飢。形單影隻的他，有時靜靜一人佇立在超商旁，等待過客離座後，他就走過去撿食殘羹菜餚，有時在回收桶裡翻箱倒櫃尋找食物，這是常有的事。

他鼓起勇氣進入超商內索取免費的徵人報紙，阿旺逐一檢視有否適合他的工作，其實他也已經被斥離了無數次，如今也無從挑剔工作內容，倘若有人願意施捨他一份工作，他早就感激涕零了。

離婚前曾與妻子產下二子的羅貴旺，以四處打零工維生，現在又再度失業，失去雙親後房子也被查封，又與親友們逐漸失去聯繫多達數年。他必須儘快找到工作，才能養活自己，解決目前的窘境，但是以他目前的寒酸模樣，商店老闆們早就退避三舍、避之唯恐不及。他腳上穿的一雙破舊布鞋，口袋裡撿拾來的兩百元銅板，暫泊在巷弄內的破舊機車，加上僅存的一絲尊嚴，是他最後的財產。

他抬起佈滿落腮鬍的下顎，用充滿血絲的惺忪睡眼，凝望著天邊晚霞，腦門只是簡單地反覆思量著今晚的短暫棲身之地。

中元盂蘭盆祭已過，時序即將進入中秋，早晚溫差加大，城市大樓櫛比鱗次引發風切效應，此時突然颳起一陣狂風，地面上的紙屑垃圾胡亂飛竄，過路行人紛紛拉緊衣領走避，一張泛黃破舊的羊皮紙，突然往阿旺臉上狠狠地甩拍上去，他好奇地取下紙張，怕紙張又被風吹走，雙手緊緊地抓牢，剛才刮起的陣陣強風逐漸轉為徐徐晚風。

由於字跡有些模糊，阿旺吃力地判讀著，紙張上頭寫道：

誠徵警衛

資格　限男性乙名　需妻離子散　家破人亡　眾叛親離　居無定所者

月餉　四萬四千四百四十兩黃金

截止日期　今晚十二點　親洽志元村志元巷十一號　逾時不候

阿旺興奮地跳起來手舞足蹈，他還把該紙張展示給路人瞧：「這個簡直就是在說我嘛！你看！我終於有工作了！你看！你們快看！」

「喂！這裡要徵人喔！你們看！哇！當警衛的待遇還真是不錯，每個月竟然還有四萬多元？你們瞧！」

路人被他這突如其來的舉動嚇了一跳，怎麼會有一位既邋遢又精神異常的瘋子，拿著一張泛黃的空白紙張追著路人，還要硬塞到人家手裡給人瞧瞧。

他抬頭看了一下超商牆上的掛鐘，兩支指針剛好重疊在七的上頭。他立即轉身飛奔回去找他那輛停在巷弄內閒置多天的破舊機車，他邊跑邊伸手探了一下褲子口袋內的銅板，心裡面七上八下地盤算著：

「這些個銅板應該足夠打些汽油騎到那個村子……應該夠！時間還來得及！沒有

問題的！」他邊跑邊給自己打氣：「會趕得上的，這是我最後的一次工作機會，我不能再搞砸了！我一定要拿到這份工作機會，希望沒有其他的人跟我搶這份工作，我才是最適當的人選！」

他頂起機車腳架用力地搖晃車身，企圖把油箱內最底層僅剩的儲備油甩上油管內，他很清楚裡頭的電瓶早就掛了，運用全身的重量，瞬間下壓機車的腳踏發動器，試圖發動許久未曾運轉的發電機，讓瞬間的磨擦力點燃火星塞，倘若能夠發動引擎，就可以再把多餘的電回饋給電瓶，如此就可以讓這輛機車活起來，這當然只是他打得如意算盤。

「發動！拜託快發動！老天爺求求祢！拜託呦！幫幫忙！」但是在經過多次的嘗試之後，搞得阿旺是腰酸背痛、筋疲力竭，終究還是無法發動引擎，他無奈地想要放棄。時間分秒流逝，這樣子死命地踩簡直就是在浪費時間，沒有結果的。

到頭來他還是要推著機車到就近的加油站填滿汽油再說。阿旺邊推動機車前進，一邊還是不甘心地用大拇指按壓把手邊的動力鈕，希望剛才的一番折騰沒有白費力氣。

加完油後，算一算汽油費用，恰好就是他口袋內銅板的數目，阿旺將安全帽覆壓在鴨舌帽上，才剛一跨上機車，他便轉頭詢問遞給他收據的員工：「這位先生請問一下！志元村怎麼走？要往哪個方向走？」

堵在後方的來車突然猛按喇叭，催促他快點閃開不要擋道，他一時心急，下意識地催動油門，同時用大拇指按壓發動鈕，機車引擎猛然奇蹟似地轟隆一聲嘎嘎作響，阿旺嚇了一大跳急忙回神，他很怕好不容易點燃的動力不能持續下去，他雙腳腳尖用力頂著機車讓它移動到旁邊去，小心翼翼、慢慢地催緊油門，果然很順利地將機車駛離加油站，開進省道公路向前奔馳。

他騰出一隻手來，取出塞在上衣口袋內的徵人傳單，紙張逆著風上下拍動，他用眼睛餘光瞧見紙張右上角畫了一個箭頭還寫了個斗大的「北」字。阿旺把今天傍晚才剛凝視過的一抹晚霞放在左手邊，機車對準的方向自然就是北方了；他信誓旦旦、很有把握地向前邁進，他必須快馬加鞭，加緊腳程，把剛才蹉跎掉的時間要些回來，至於志元村到底是在哪裡？他心想待會兒到前面找一家還在營業中的商家進去問路就是了。

遁入陰陽界

離開喧囂繁華的都市，跨過鄉市邊界，原本是六線道的寬大馬路，逐漸地轉換成狹窄的兩線道，阿旺進入了人煙稀少的鄉下漁村，蜿蜒的道路兩旁盡是獨門獨院的農家古厝，一窪窪的稻田與兩旁林蔭茂密的路樹錯落有致，月影在藍黑色的雲浪中載浮載沉。

可能是點火系統積碳汙濁，排氣管噴出陣陣白色濃煙，乾咳嗚咽的引擎敲擊出尖銳聲響，在寂靜的鄉野裡特別擾人安寧，驚動了兩旁的狗兒，此起彼落的狂吠聲遙相呼應。

年久失修的產業道路上，到處都是坑坑疤疤，就算補過丁也是凹凸不平，阿旺小心翼翼地騎著機車。由於鄉下人就寢得早，一路上他根本就沒有機會遇到任何的莊稼漢可以問路，身上既沒有手錶也沒有手機，無從了解現在的時辰，他僅能用夜空高掛的上弦月與稀疏的星塵約略判斷。

到底趕了多少路，奔馳了多久，他心中幾乎沒有概念，不過阿旺由機車的後視鏡早就警覺到，自從他一踏進這詭異的村莊開始，這樣子一路騎過來，後頭剛經過的橋樑路段，就好像被塗抹去似的憑空消失。

剛踏進村莊時，還有幾根昏黃的路燈豎立在道路兩旁，但現在深入更加顛簸的碎石子路上，兩旁的路燈全都消失不見，眼前漆黑一片，皎潔的月亮與唯一能指引方向的北斗七星早就消失在一大片烏雲裡。

油箱內最後一滴油終於燒光了，阿旺把車子停靠在路旁，他的內心不免有些慌亂；兩旁高聳的狼尾蘆葦草與玉米梗穗，被陣陣狂風掃過發出嗦嗦的詭異聲響，遠方的狗吠聲再也聽不見了，此時荒涼空曠的郊野上更加是一片死寂，放眼望去盡是波巒起伏的草原，阿旺聽得到自己的撲通心跳聲。

「有人嗎？喂！那邊有人在嗎？」阿旺用小跑步的方式驚慌地往前走，他用力扯開嗓門，對著周遭大喊：「有！人！在！嗎？」

阿旺：「喂！有人嗎？有沒有人在這裡？不會吧！鄉下人都這麼早就寢？」

忽然阿旺看見遠方有兩道微弱的燭火，微弱的光影穿透過樹叢之間的縫隙搖曳閃爍著，這兩道紅色光芒頓時帶給他無窮盡的希望與溫暖。阿旺三步併作兩步向前快跑，他期盼前方會有個熟悉的身影待在那裡，他的內心還在默禱著，希望有人能夠快點指引他離開這個令人毛骨悚然的鬼地方。

福德現身

果然，前方是座當地居民的信仰中心與每天晨起耕作前膜拜乞求豐收的小福德廟，正巧廟旁還有一頭體型碩大的水牛，與一位帶著斗笠剛作完農事正在收拾農具準備要回家的老伯伯。

阿旺：「得救了！終於得救了！前面的大哥哥等我一下！謝謝您！請留步！」

阿旺氣喘吁吁地跑過來，他一看到這位長者就很有禮貌地鞠躬打招呼，說：「對不起打攪您了！請問這位老大哥，志元村要怎麼走？能否幫個忙給小弟一個方向？我有點迷了路。」

站在廟旁的老伯伯摘下斗笠露出一頭銀色白髮，長者一眼就瞧出他不是這個村莊裡的人，又是一身狼狽樣，他慈祥地回他話：「不客氣！這位兄弟你好呀！這裡就是志元村啊！你到我們這個村子裡來要找誰呀？」

阿旺遙指著他的背後，那一輛停在路旁的機車說：「這位大哥！是這樣子的，我的機車剛好沒有汽油了，能不能向您借一些汽油急用？」

他從口袋裡掏出徵人傳單，翻開給老伯伯看，阿旺伸出四根手指頭說：「我是要來你們這個村子應徵警衛的工作，聽說每個月還會有四萬多元的收入，眼前我的身上已經沒有錢了，不過請您放心好了，等我有了薪水，我一定還會加倍償還給您的！」

阿旺探頭瞧了一眼廟宇內，居然沒有任何可以顯示時間的計時器，他還瞄了一下這位長者的手腕，想看看有沒有手錶可以告訴他現在已經幾點了。

「這位老大哥！請問現在已經幾點了？很晚了吧？您要回家休息了嗎？」

老伯伯笑著回他話：「剛剛才敲過二更，離三更還有一段時辰，怎麼了？你要來我們這個村莊謀職呀！我們這裡的人口並不多耶！不過？聘得起警衛的一定是個有錢的員外吧？」

老伯邊回他話邊彎腰將裝滿農具的兩籃竹簍子抬了起來，集中在扁擔兩旁。

阿旺一時之間腦筋還沒有轉換過來，他著急得回話：「不是！不是！我不是問更，我是請問您現在幾點了？我必須趕在晚上十二點之前報到，否則就算放棄，我急需要這份工作，拜託！拜託！幫幫忙！借我一點汽油。」

老伯伯慢條斯理地搖搖手說：「汽油？你說什麼汽油？我聽不懂？我這裡什麼油都沒有，真的！」

雙方的溝通顯然有問題，不過這樣子讓阿旺更加慌張了，他回話：「算了，沒有汽油也沒有關係；那這樣子好了！腳踏車也可以，我改天再還給您，您放心好了！一定會還給您，我會很小心騎車的。」

老伯伯瞧他一臉的緊張樣子，當挑起沉甸甸的扁擔時還哈哈大笑問說：「你到底要到哪一戶人家？離這裡遠不遠？」

阿旺再秀了一次他手上的傳單，說：「上面寫的是志元巷十一號，會不會很遠？應該就在附近吧！」

老伯伯給水牛套上牛嘴籠，不再讓牠嚼食草料，他拍了一下懸吊在牛隻脖子上方的牛軛，說：「不遠不遠！還要再往前約五十里的山坡上，很好找的，不要管前方的岔路，你只管一直走到底，那裡就只有那麼一家大宅園，放心好了！不會迷路的。」

阿旺開始有點質疑老伯的數字觀念，又再次詳細地問了一遍：「是五十里還是五十公里？還要走那麼遠嗎？這下子我完蛋了，我一定會趕不上的，要如何是好？唉！我千辛萬苦地跑到這裡，到頭來還是落得一場空，造化真是作弄人呀！」

老伯安慰他說：「來得及！來得及！放心好了！」阿旺失落的神情溢於言表，老伯笑嘻嘻的把牛索遞給他，說：「來！不要擔心，這頭牛借給你騎，牠叫阿德，對這裡村子的地勢很熟悉的，牠很乖巧的，牠會帶你去你想要去的任何地方，然後自己再跑回來。」

阿德是一隻體格壯碩的超大型水牛，一雙又粗又長的扁角向後彎曲，黑灰色的鬃毛沾滿濕答答的黃色泥濘，渾身有一股刺鼻的尿騷味，四周還有蚊蟲到處飛竄叮咬著牠；前後已經失據的阿旺此刻根本就沒有選擇的餘地，他只有硬著頭皮接受老伯的安排，他抓緊牛軛攀爬上去；老伯伯輕拍牛背，同時還特別千叮嚀萬交代地對阿旺說：

「從這裡前去，在到達目的地之前，不管發生什麼事都不准回頭觀望，也不要開口說話，記得喲！」

神牛？　神駒？

阿旺把安全帽戴在頭上，這是他有生以來第一次騎在牛背上，他手足無措地，不知如何駕馭跨下的這隻龐然大物。

阿旺：「老哥哥！我該怎樣做才能夠讓牠前進？」

老伯伯遞給他一支一尺長、毫不起眼的觀音竹節棍，說：「你不需要對牠發號司令！你只要用這支棍子輕輕地敲牠的右『角』就行了！」

阿旺依照指示舉起棍子，向牛隻的下方揮舞著，說：「可是我搆不到牠的右『腳』呀！」

老伯伯用手拍拍水牛頭上碩大的右角，說：「我是說敲這裡！記得呦！棍子不要離身喔！記得要還給我，不要遺失了。」

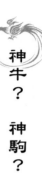

阿德笨重的身軀在泥濘狹窄的田埂上左右晃動緩緩前進。

阿旺：「老哥哥！我要怎樣才能夠讓牠停下腳步來？」阿旺忽然想起來長者只有指導他如何使喚阿德前進，沒有教他如何讓牠停止或是轉彎的方法；但是，他一轉身想要討教時，後面僅剩泛著微弱燭光的福德廟，老伯伯已經消失無蹤。

阿旺騎在牛背上怪彆扭地，阿德走起路來左搖右擺、顛顛簸簸，讓他暈眩不已，他很怕水牛走在鬆軟的田埂上沒有踏穩腳步，一個不小心就會摔下去，但是這樣緩慢的移動，到底是要走到什麼時候才會抵達目的地？

他心急地嘗試著用棍子輕輕敲了一下牛隻的右角，水牛阿德一接收到指令，起先是用小跑步的方式前行，然後四條腿開始加速地交互前進，牛蹄輕快地踩在崎嶇不平的田埂上。

奇怪的是，阿德每前進三步就會習慣性地把尾巴往上用力猛甩，又粗又長的牛尾正巧拍打在阿旺的背上，每一次的重擊都讓阿旺好像是在接受皮鞭酷刑一般椎心刺骨，可是一陣的痛楚過後，他的全身筋絡又好像通了電流一樣令他通體舒暢。

跨下的水牛如風馳電掣般地，速度越來越快；牠奔馳的律動感已經不像是一隻牛，而像是一匹馬，牛隻的四條腿也變成如馬匹似的，前後兩兩交叉跳躍向前奔跑，頸上的鬃毛也是越變越長。

田埂兩旁草長及膝的五節管芒有如薄刀片般鋒利，水牛阿德的蹄上兩側被劃出數百道的傷痕，鮮血泊泊直流，染紅了牠一路上踩過的田間小徑。

惶恐不安的阿旺緊抓牛軛不敢放手，深怕從牛背上摔下來，他猛一轉身，回頭瞧見牛隻的背後留下一條長長的鮮紅血跡，阿旺內心極度不捨地喊：「好了！可以了！阿德！慢下來！」

阿旺：「求求你！停下來！阿德！好啦不要再跑了！」

阿旺竟然忘了剛才莊稼老漢的萬千囑咐，他既是回頭又是開口說話的，完全破解了長者給予的守護，阿德又變回了原本笨重、動作遲緩的一般水牛，牠停下牛步恰好就堵在陡峭的山坡下。

嗜血怪獸

此時，皎潔的月娘又從烏黑濃密的雲隙中探頭出來，周圍草叢內赫然多了幾十對紅通通的銅鈴大眼正在緊瞪著他，暗夜猛獸的咽喉發出令人聞聲喪膽的低吟顫慄嗚咽聲，齜牙裂嘴地緊縮包夾範圍；雙方的距離逐漸拉近，阿旺已經可以從暴突的猙獰獠牙中，聞到一股令人作嘔的血腥味。

猛獸的唇齒之間吐出蜥蜴般的蛇信，發出使人起寒顫的嘶嘶聲響，蛇信抽動似地舔食牛隻不斷滴流在地上的鮮血，舔過血腥味後的異獸有如嗑過藥般，對著荒野興奮地吼叫，牠們身上的鋼毛一根根直挺挺的豎了起來。

阿旺：「救命啊！菩薩救命啊！佛祖救命啊！」

阿旺沿著百餘階梯的陡坡往上拔腿狂奔，手上緊抓著白髮長者給他的竹節棍，阿旺對著四周狂揮亂舞，亂砍一通，才一眨眼，手中的棍子就抽得長長的，變為一根會放出光電的白色竹棍子，猛獸群看到這根棍子，閃得遠遠地再也不敢跟在他的後面尾隨追擊。

他爬到半山腰還不捨地回頭瞧一下，此刻還癱軟在地上的水牛阿德，任由猛獸瘋狂的啃食，鮮血四處飛濺，眼珠子都快要蹦出來了，阿德連呻吟的機會都沒有，因為有一隻怪獸已經用力唅住牠的咽喉，牠只能活生生地看著自己，被這些怪獸貪婪地分食牠那被開腔剖肚後的寸斷肝腸。

阿旺：「完了！這下子怎麼賠給人家一頭牛呀！每個月四萬元的薪水可能都不夠還啊！」

「可憐的阿德啊！」阿旺邊哭邊跑，內心自責不已。山坡下傳來一連串清晰的骨頭碎裂聲響，異獸們正在肢解、嚼碎山下那頭水牛阿德僅剩的軀殼。

古堡逢生

高聳在山頂上的巍峨建築，在一輪明月襯托之下，整個輪廓外觀更加顯得巨大，屬於十三世紀防禦性的紅磚外牆，有十多公頃長寬，左側前方的突出物是四方柱體，十四層樓高的高聳瞭望臺，每一層的白色窗台用石灰岩鑿出，裡面的建物全是藍色屋頂，採斜尖似的巫師帽樣式。歷經八百多年的風雨摧殘又年久失修，爬滿攀藤植物的外表看來已經斑駁不堪。

此刻烏雲密佈風雲驟變，天空開始飄起毛毛細雨，天際點燃數道閃光，遠方夾雜數聲轟隆，三層樓高的兩片扇形厚重巨門，正在緩緩的閉合，僅剩下細長的門縫，由內透出昏黃閃爍的燈光。

阿旺連滾帶爬地向前奔跑、呼喊著：「救命呀！等等我！大門不要關！老闆呀！

拜託！求求你！」

只見門縫是越關越小，阿旺用盡吃奶的力氣向前飛撲，他下意識地用棍子往前用力戳，觀音竹節棍有如神助般，瞬間又由一尺長變為十尺長的竹棍子，剛好就插進門縫卡在最底下的門檻上，他全身癱軟趴在地上，久久不能自己。

還好後面沒有追兵，他被驚嚇的全身發抖，雙腿發軟只能跪著朝著門縫內大聲呼叫：「有人在家嗎？我是前來應徵警衛的！讓我進去好嗎？給我一個機會吧！求求你！我是從大老遠的地方來的，老闆！請開個門！」

半餉後終於有人出來應門，兩尺厚的扇形巨門緩緩開啟，阿旺這才驚訝地發覺，斑駁的門板上竟然殘留深淺不一，一道道被撞擊過的新舊凹痕。

站在門縫後面的是一位頭戴笠帽的中年男子，帽沿下是兩條齊肩的辮髮，耳垂貫穿碗口大的金黃色耳環，寶藍色的窄袖長袍內頂著圓滾肚子，腳上穿著半筒翹角皮靴，嘴角兩邊還留有兩撮修長的鬍子，用瞇成一條線的友善眼神笑著對他說：「你來啦！」

阿旺急忙地跳進屋內，轟隆一聲，他背後的兩扇厚重門板自動合上來，他手上的竹節棍又縮回到原來的長度。

阿旺：「您好！我叫羅貴旺！我是來應徵的，已經超過時間了嗎？應該還來得及吧？」

阿旺把頭頂上的帽子取下，從口袋內取出羊皮紙遞交給屋主，他忙著解釋說：「老闆，我不是故意要遲到的，你們這裡有妖怪！真的！我是在山下遇到的，而且我的牛也被牠們吃掉了！」

房屋主人對於妖怪一說根本就不予理會，他僅是用尋常的口吻回他話：「時辰剛好，羅貴旺先生！你可以把棍子放在門閂上。」

阿旺：「放在門閂上嗎？您叫我阿旺就行了！老闆！」

阿旺轉身把手上緊握的竹節棍擺放在門框的橫格子上，頓時，棍子好像被一股強大的磁力吸住，竹節棍又由一尺長變為二十尺的細長發光體，瞬間與扇形門合而為一，還不時釋放出帶電的閃閃綠光。整片門板就好像顯示器一樣，佈滿了奇形怪狀的綠色回鶻古咒文，之後又在五秒內消失不見。

阿旺試圖要把它摳下來，但是棍子被牢牢吸住，依舊紋風不動。

阿旺：「你要記得還給我喔！那是山下的老哥哥借給我的，我答應過要還給他。請問老闆，我什麼時候開始上班？要不要先簽到？」

房屋主人示意，要阿旺跟著他進去。這是一個挑高三層樓、氣派非凡的偌大前廳，在八百年前的今天必定是王公貴族絡繹不絕的廳堂，對照現在空空蕩蕩的景況，簡直是不能同日而語；不過大廳兩旁依舊還留有蜿蜒而下的寬敞迂迴石梯，它是由堅硬的花崗岩鋪排而成。

阿旺：「哇！你們這裡可以開一場大型的汽車展示會，然後再安排一大堆穿著清涼的正妹在這裡走秀，喔！保證賺大錢耶！若是再把它當成結婚禮堂租出去給新人宴客、拍婚紗，保證你賺大錢耶！咦！這就是我的辦公桌嗎？牢不牢固？」

他們一起走到擺在牆邊角落的桌子旁，然後停下腳步，阿旺把手上的安全帽擺上去，他伸手撫摸這張已經上了年紀、既破且舊的木製小桌子，然後再回頭看了一下，整個大廳欠缺了許多該有的保全設備，他質疑道：「咦？你們這裡怎麼沒有裝設監視器？也沒有電風扇或是空調設備呢？不過我看是不用啦！這裡的通風還算不錯！滿涼爽的。」

他拉開抽屜一看，裡面竟然是空無一物，他指著抽屜裡面說：「你們這裡是不是應該也要有印章，萬一郵差送掛號信件或包裹來，我要蓋章作收發信件用的。老闆！能不能也配給我一支手電筒，你們這裡真的是有夠暗的！你看！你們這裡牆壁上只有幾根火把，還有……？」

阿旺這才意識到，這裡的牆壁上根本就沒有電源線和插頭，頭頂上整片的天花板也沒有加裝任何照明設備亦或是燈具，只有懸掛兩串橄欖形紅色大燈籠，燈籠的正反兩面全都鑲畫著斗大的「烈」字。他看到這裡已經感覺到一陣毛骨悚然而背脊發涼，頭皮也開始發麻。

滴血驗身

總管問話：「羅先生你結過婚了嗎？有小孩嗎？」

阿旺：「老闆，我是已經結過婚的人了，但是又離婚了！嗯！我有兩個小孩，男的，應該都長的很高了吧？」

總管：「羅先生，我的名字不叫『老闆』！我的名字叫『崑崙』，只是這裡的總管，請在這裡簽名。」

總管手上捧著一塊沾滿血漬的檜木板要他簽字，上頭鐫刻了一大堆密密麻麻的條文規範，總管又遞給阿旺一把鋒利的小彎刀充當簽字筆。

阿旺：「喔？這是簽到簿嗎？還是簽約？沒有簽字筆嗎？你們這裡簽字都是用刻的嗎？」

阿旺手上握著刀子猶豫了一下，由於經歷過一天的折騰，阿旺已經是筋疲力竭累垮了，他懶得去詳讀板子上面的細則詳規，不過他倒是留意到其中讓人亮眼的一行數字：「月餉四萬四千四百四十兩黃金」。

阿旺：「這上頭寫的，真的是黃金嗎？不是吧！你們是不是寫錯了！不會吧？」總管微笑著點頭稱是。

阿旺興奮的說：「哇！真的嗎？居然還有人用黃金發放薪水的，謝謝你『老闆』！對不起我又說錯話了，一時之間改不過來，總管先生謝謝你！你人真好！真是慷慨！」

徵人傳單上的字體是有些模糊，阿旺一直以為寫的是幣元，不過既然已經確定是黃澄澄的金子，他的心中當然是暗自竊喜、樂不可支。

阿旺握著刀子，在木板上才剛吃力地劃下第一刀時，該總管就把刀子從阿旺手中迅速地硬抽回去，說：「謝謝你！簽這樣子就可以了。」

阿旺還在詫異總管為何要那麼快把刀子收回去時，刀子就已經劃過手心，他感到一陣沁涼，鮮血當場噴灑在木板上，板面上原本是用漢字銘刻的條文，眨眼間又起了變化，顯現出與大廳門板上一模一樣的綠色回鶻古咒文。

阿旺被總管這詭異的舉動嚇了一大跳，還因此倒退了一大步，不過手掌的傷痕很快就癒合了，奇怪的是，傷口竟不會感到些許痛楚，所以他也就不再追究怪罪。

當鮮血噴灑在木板上的一剎那，整棟房子好像活了起來，就像是有股生命被注入了一般。剛開始只是先抖動了一下，突然間，彷彿有隻怪物在地底翻身激烈搖晃，從煉獄深處發出被塵封千年的冷冽嗚咽聲；阿旺以為是地震，他扶著桌角一動也不敢動，「發生了什麼事？剛才是地震嗎？」

他看總管不為所動，以為是自己的錯覺，急忙轉個話題問：「總管先生，我是今天還是明天開始正式上班？還有什麼事要提醒我的？」

阿旺：「這裡一共有幾位警衛輪值？什麼時候會有人來接我的班？」

總管微笑著不回應阿旺的話，他只是親切的詢問：「你肚子餓了吧？有用過飯了嗎？」

總管這句話正中阿旺的下懷，不知道是他餓過頭了，還是被鬼魅驚嚇過度，居然忘了飢餓的感覺，不過一經總管提醒，這被遺忘的飢餓感回復地更加強烈。

阿旺：「餓！當然餓！我都快要餓昏頭了。有吃的東西嗎？這麼晚了，真是對不起！打攪你了！謝謝你！」

戀人再度重逢

總管：「等一下我家閨女塔青烏娜會給你送吃的來，你今晚委屈一點，就暫時坐在這裡。待會兒，不管你聽到什麼聲響，都不要好奇地前去開門查看，不管發生啥事，你都不要理會它。只有一件事要注意！那就是不要讓東西進來，也不要讓東西出去，就可以了。晚安！羅先生！」

話一說罷，總管把小彎刀留置在桌上，轉身就離開。頃刻，有一位長得標緻，臉上掛著稚嫩笑容的妙齡少女，手上端了一盤羊腿從房內走出來，她頭戴又高又長的罟罟冠，腰繫辮線彩帶，親切地走過來問候：「將軍爺你回來啦！請用餐。」

「將軍爺？妳是不是認錯人了？姑娘！」，阿旺錯愕地回她話：「謝謝妳！哇！這盤羊腿肉看起來好好吃；我叫羅貴旺，是這裡的新進警衛，今天第一天上班，請多指教，妳還沒有休息？你們這裡的住戶都這麼晚睡啊？」

面對眼前的美食，飢腸轆轆的阿旺嚥了一下口水，他端詳了這位少女，感覺到很面善，已經年近花甲的阿旺，當然不敢有非分之想，免的被人家當成怪叔叔。姑娘告退後，阿旺用小彎刀切割著肉片，才剛吞下幾片羊腿肉，整個人的腦門就開始昏昏沉沉，阿旺心想著，才剛第一天上班就打起盹來，也未免太過分了，他極力地控制著不要睡著，但是眼皮又沉重的令他無法抬起頭。

大廳門外陸陸續續傳來龐然大物撞擊門板、欲入侵的聲響，阿旺被驚醒了，他向前挪了一下身體，本來是想站起來前去瞧瞧，但是又回想起總管剛剛才叮嚀的話，又坐回去，嘴裡還嘮叨兩句：「會不會是攻擊水牛阿德的死妖怪？又找到這裡來！真是煩死了！不管！就看你要吵到什麼時候？」

此時，又從城堡裡面傳來陣陣飲酒作樂、歌舞狂歡的聲響，阿旺的內心裡開始有些疑惑，他滴咕著：「這麼晚了居然還有人在飲酒狂歡？還是說住戶在開生日派對？會不會吵到鄰居啊？管你的！有人抗議再說吧！今天剛上班不要管那麼多！先不要得罪人，免得丟了工作。」

前後夾雜的喧嘩聲響，並不會影響此時已經快要神智不清的阿旺，他在椅子上又撐不到兩秒鐘，整個人就全身癱軟過去，原本緊握在手上的小彎刀也掉落在地上。

變身

「將軍爺，請喝湯藥！」

美麗的塔青烏娜又出現了，面對癱軟無力的阿旺，她輕輕地托起阿旺那滿佈絡腮鬍子的下巴，烏娜溫柔地摟著他的肩，讓阿旺舒服地倚靠在她胸前，烏娜用纖柔的手心撫摸他的臉頰，她撥開阿旺蒼白斑駁的亂髮，額頭上盡是歷盡滄桑、無情歲月刻蝕的痕跡。

阿旺凹陷的臉頰凸顯出兩邊的寬大顴骨，她俯身仔細端詳著，這張既遙遠陌生又令她朝思暮想、魂縈夢牽的臉龐，因為阿旺長期的營養不良，才會造成他這副瘦骨嶙峋、令人疼憐的模樣。

雖然神智上已陷入昏迷，且身體僵硬無法自主，但是阿旺內心裡仍然掙扎著，怕他渾身的汙穢酸臭味與狼狽不堪的模樣，把眼前這位嬌滴滴的姑娘家給嚇壞了。

阿旺眼皮沉重得睜不開來，但是這聲聲溫柔體貼的呼喚，與少女身上散發出的自然、青澀體香，逐漸地勾起那塵封在內心深處，幾個世代輪迴的記憶。

眼前的這位為他服用湯藥的少女，他覺得好熟悉，阿旺試圖在腦海裡搜尋她的芳名，他逐漸地回憶起來，阿旺好多次差點脫口而出，想喊她的名字，但是又橫梗在喉嚨裡說不出來。

此時阿旺已經臣服於她，他心甘情願地任人擺佈，塔青烏娜輕輕地撥開他乾癟龜裂的雙唇，餵食他服用這碗黑咕隆咚的湯藥。初嚐時有點類似中藥的嗆鼻苦澀味，但是還不至於難以下嚥。

半晌後，阿旺肚子裡好像吞下了一堆炭火，溫度越來越高，他的內臟快要承受不了這烈火般的燒灼與反覆的折騰，一時之間讓他幾乎無法負荷。阿旺瘦弱的身體好像觸了電一般，原本鬆軟的坐姿突然跳了起來，這股電流在全身亂竄，貫通全身筋絡，血液有如滾燙的開水不斷翻攪。

頃刻之間，阿旺的身體慢慢開始有些變化，體內臟器先被破壞殆盡，但是立即迅速地重生了回來，他那纖細脆弱的骨骼，也逐漸地轉強、變得更加堅硬，全身肌肉也比以前更加結實，每一次的激烈變化就有如蛇蛻了一層皮，蝴蝶脫蛹而出一般。

阿旺頭頂上原本就有些微禿，現在居然也長出了一頭烏黑濃密的健髮，削瘦的臉頰變的更加豐腴。躺在椅子上的阿旺，現在是一位唇紅齒白、濃眉大眼、俊俏的少年郎，粗糙的皮膚也還給他年輕人原本應該有的光澤。忽然，阿旺乾渴的喉嚨不斷地咳嗽，他吶喊了數聲：「烏娜！烏！娜！」

塔青烏娜停止了餵食，她的眼角泛著淚光，喜悅之情溢於言表，她朝思暮想的情郎「劉離」，就快要回到她的懷抱裡。

羅貴旺被房子外頭灑進來的晨曦朝陽與刺眼的光芒驚醒，他身上的衣服全都濕透了，好像剛剛經歷過一場惡夢，但是最讓他感到困惑的，是他身上的衣物好像被人扯破，亦或是被自己撐破一般。

桌子上面還整齊地擺放著他那一頂破舊的安全帽、老伯伯借給他的竹節棍與管家昨晚留在這裡的小彎刀，唯一不同的是，桌邊還留有一套乾淨的白色麻布上衣與寬大的藏青色燈籠褲，看起來應該是要給他換洗用的。

大廳周遭的裝潢擺設與前一晚他所看到的一模一樣，他敲了一下自己的腦袋，確定不是在作夢，但是夢中的少女又身在何方呢？

兩尺厚的扇形巨門已經敞了開來，阿旺步出大廳，城堡外面的廣場上寂靜無聲，已經看不到昨晚攻擊他的野獸在外頭逗留，但是門板上還是留下昨晚被怪獸撞擊過的明顯刮痕。

千年樹妖

乾扁矮瘦的阿旺捧著換洗的衣物，目前他應該是全世界最邋遢的保全人員，他只想趕快洗去一身汙穢，打理一下儀容。但是在屋子裡又找不到盥洗室，只好頭頂著安全帽，腰間插著棍子和小彎刀，到外頭去找一條有水的野溪洗淨身體。

他探頭看了一下城堡四周，確定安全無虞之後才敢闊步走出去，方圓數十里之內杳無人煙，也無牲畜放養蹤跡。他回頭瞧了一下門邊的左右樑柱上頭，心理很是納悶：「咦！怎麼沒有掛個門牌號碼？這裡應該是志元巷十一號呀？不是嗎？左右也沒有鄰居可以問？」

就在蜿蜒的山間小徑裡，他找到從峭壁裂縫處傾瀉下來的涓涓泉水，就在山崖邊形成一道清澈的灣流小溪，清涼透人心肺的河水讓阿旺可以暢快梳洗，他用安全帽舀起溪水淋遍全身，由於沒有香皂，只能用岸邊的細沙用力搓洗掉身上的汙垢，銳利的小彎刀正好可以用來削去他一頭亂髮。

阿旺頂著一頭狗啃的髮型，換過乾淨的衣裳後，他手上提著安全帽，小彎刀被丟在裡面擺著，竹節棍插在腰帶裡。他為了要避開和野獸正面遭遇，想抄捷徑離開這裡，在回家途中，他找到一條羊腸小徑，兩旁開滿一簇簇向下垂綻的鮮豔花朵，正當他欺身想一親芳澤時，正巧前方傳來一陣疑似雛鳥受傷的求援慘叫聲：「咕咕！啾！」

阿旺不疑有他，好奇地驅步前往探尋，這時地面上似手臂粗大的多條藤蔓卻以迅雷不及掩耳的速度緊緊地揣住他的雙腳，然後向樹叢內拖行。他有如死狗般一路上被拉著走，由於連續撞擊到地面上盤根錯節與尖銳的大小石塊，他數度暈厥過去，全身傷痕累累。

小彎刀等隨身物品沿途掉落，他盡量讓自己保持清醒；忽然，他先是被藤蔓甩到空中，然後又被重重向下拉扯，他掉落在暗無天日的一灘軟爛似果凍的液體內。

阿旺拼命地掙扎，想要站起來，但由於裡面太光滑了，好像被塗了一層蠟，阿旺慌張地掙扎、亂踢一通，最後還是讓他幸運地浮出水面，暫時免於溺斃。周圍伸手不見五指，溢滿了屍臭味和硫磺沼氣，他憋氣憋的太久，猛然吸進第一口有毒空氣時差點把他嗆死。

阿旺急著想弄清楚他到底是被什麼怪物吞噬，他朝著四周亂打一通，裡面像個囊袋，佈滿了觸手般的茸毛，它們不停地往下蠕動來壓制獵物、防止逃逸。攪拌在裡面的獵物應該不只有他一個，因為剛才在掙扎的過程當中，他好像同時也碰觸到其他類似骨頭的異物。

他的皮膚開始感到一陣灼熱與奇癢難耐，因為囊袋內的強酸液體正在溶化腐蝕獵物。阿旺必須想辦法趕快脫離這個困境，否則會被消化掉。可是任何可供防身的武器，剛剛在拖行的途中，全數被抖落掉在外面；無奈的，現在他只剩下對外拼命呼叫救命，別無他法。

他邊咳嗽邊呼叫救命，可是佈滿袋子內的觸鬚與厚實的蠟質成分，有如多道的隔音牆面，他的呼救聲全部被吸納掉，現在他只能靜靜地看著自己，像蠟燭般被溶解。

福德再度出手相救

方圓十里之內杳無人煙，就算他扯破喉嚨也沒有人聽得到他的喊叫聲音，但是囊袋內依舊在翻滾攪拌著。就在此千鈞一髮之際，奇蹟出現了，一絲光線穿透進來，囊袋被人從外面劃破了，囊內的液體由內向外傾洩而出，阿旺隨著黏稠的消化液向下滑落。

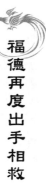

在山下遇到的老伯伯今天穿得可真體面，他身著金黃色員外服，頭上戴著一頂纏繡圓帽，手裡拄著一根龍頭拐杖，另一隻手則是握著阿旺掉落在外面的小彎刀，老伯站在破碎的囊袋邊，笑嘻嘻地望著他：「小老弟，你有沒有受傷呀？沒事吧？還平安嗎？」

全身濕答答、沾滿黏液、臭氣薰天的羅貴旺，無奈地站著對老伯伯傻笑，他一臉尷尬地對老伯說：「謝謝老哥哥！感謝您的救命之恩！對了！還沒有請教老哥您的尊姓大名？真是失敬！」

「你太客氣了！你就直接稱呼我福德好了！」

他轉身瞧了一眼碎裂在地面上的怪物，旁邊還有數十株跟它一模一樣的嗜血吃人植物，也全都在剛才被福德爺用刀子鏟除。

「我的老天呀！它們居然還有牙齒！請問福德老哥，這些都是什麼東西啊？我怎麼從來沒有見過這種東西？是打哪兒來的？太可怕了！」

阿旺似乎已經了解到這一團稀奇古怪的的東西，是一種會吞噬人的植物，在囊袋上頭有個舌頭般的蓋子，但是在喙口末端的邊緣，竟然還形成一個短而鋒利的齒狀結構。葉片上有一條粗大的葉脈通過，葉脈最後穿出葉片而成為藤蔓，可以用它來抓住獵物。

福德：「它叫多齒雷公，它幾乎什麼都能吞得下，很少有牲畜能逃得過它的追殺，今天算你幸運逃過它的魔掌。」

「還不是福德老哥您出手相救！否則小弟早就命葬此地了！」

阿旺正在對福德爺打恭作揖，感謝他的救命之恩時，他低頭瞧見地上有一罐閃閃發亮的金屬物體，旁邊還有一堆還沒被消化的動物毛髮與士兵的盔甲。

「這裡頭竟然還有士兵的屍體？這附近有軍隊嗎？他們的服裝好奇怪？」阿旺：「咦！這些是什麼東西？」

他彎腰撿拾起發亮的東西，把它放在手上詳細的檢視一番，這個小小金屬圓柱體，尺寸大小就像女性平常在使用的口紅罐子，他研判金屬的成分應該是用「錫」打造成的。

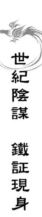

阿旺：「沒有辦法！打不開耶！蓋的好緊，找不到缺口？」

阿旺好奇地想瞧瞧裡頭裝的是啥東西，可是任他如何翻找也無法將它開啟，他乾脆放到口袋內，想找個時間再研究。

阿旺：「福德老哥呀！真是對不起，你的水牛阿德被怪物吃掉了，我昨晚真是沒有聽你的勸，我回頭瞧了一眼，也開口說話了，唉呀！我真是該死，請原諒！我會想辦法賠給你的，老哥哥請放心。對了！請問昨晚到底是什麼怪獸把阿德給吃掉了？還有！很抱歉！你借我的棍子，我也弄丟了，怎麼辦？」

福德：「我說阿旺啊！沒有關係！平安就好！哈！平安就好！不過，我是真的不知道那種大怪獸叫什麼名字，牠們有蜥蜴的頭與蛇的舌信，身體就像蝟豬一樣，背上有一堆會豎起的鋼毛；四肢很強壯、很會彈跳，牙齒就像眼鏡蛇那樣，它們會對著獵物噴射毒液，附近人家的牲畜常常被牠們攻擊，居民苦不堪言。」

福德爺知道阿旺對水牛被殺害一事感到非常愧疚，不過祂仍極力安慰他：

「水牛阿德我會給牠皈依的，你不要太傷心，就把這當作是牠在這個人世間已經功德圓滿、修行完畢，你說不是嗎？」

「你說的那些怪獸，是不是就像是這一隻？」阿旺指著地上一堆，還沒被強酸液腐蝕的殘留獸毛。

「不是！不是這一隻，它們長得完全不一樣。」福德爺用龍頭拐杖頂了一下地上的野獸皮毛，接著就把插在腰帶的觀音竹節棍，再次交到阿旺手上。

「哪！你遺失的棍子就在這裡，你被拖走的時候，它就掉在外面，我把它撿回來了，來！借給你！不要再弄掉了喔！記得要還給我。」

「你是說，還有其他迥然不同的怪物就在這附近？那這隻又是什麼怪物？」阿旺把棍子塞回腰際，然後又結結巴巴地問了一大堆的問題：「牠長什麼樣子？牠們叫什麼名字？牠們都是在什麼時候出現？」

福德：「不要急！到時候你就會知曉的！哈哈！哈！」福德爺陪著一身泥濘的阿旺，一路上慢慢地逛回古堡，避免他在半路中又發生啥不測。

阿旺：「福德老哥！你看看我這一身狼狽相，剛剛好不容易才把身體洗乾淨，換上了乾淨的衣服，您看！我才剛出來外面沒多久，現在又變成了這副德行！真是糟糕！衰透了！回去後要怎麼對總管交代？」

福德：「算了！沒有關係！回去再換洗就好了，下次不要隨便就到外面走動，挺危險的！」

阿旺：「福德老哥！我當警衛的那棟房子確實是豪門宅院，但是裡頭挺陰森怪異的，而且半夜的時候還會發出奇怪的聲響喔！不過！總管還有他的女兒對我都挺好的。」

福德爺刻意打斷羅貴旺的問話：「房子裡面的總管是個好人，在裡頭多幫幫他的忙，反正萬事要謹慎小心。喔！還有，他會幫你換掉這些衣服，放心好了。」

話說到這裡，福德爺拍拍他的肩膀也就沒有再多說些什麼了。

我是誰？　將軍爺是誰？

送走了福德爺，羅貴旺手指頭勾著安全帽，右手握著小彎刀，腰際依舊插著竹節棍，渾身上下沾滿了黏稠的汁液，因為陽光照射，味道已經被沖淡不少，皮膚也不再奇癢難耐，不過依舊還是讓阿旺渾身感到非常的不舒服。

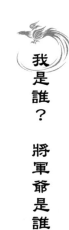

他面對著眼前的巍峨古堡，呆呆地佇立著。平常只會渾渾噩噩過生活，不太會操心的阿旺，此時不免要冷靜地反覆思考這兩天所發生的一連串詭異事件，每一件發生在他身上或是他所遭遇到的細枝末節。

他在夢境裡遇到的少女，真有其人嗎？神牛為何甘願犧牲奉獻自己，接受猛獸的攻擊？血液噴到總管手上的那塊木板，為何會閃現綠色字體？這座十三世紀古堡是打哪來的？福德這支會發光的神祕觀音竹節棍，為何會伸縮自如？泛黃破舊的羊皮紙在關鍵時刻出現等……，都讓他百思不解，還有他剛剛撿到的金屬圓柱體，與獸毛和士兵的盔甲又有何關係呢？

由於有太多的事情幾乎在同一時間發生，阿旺根本就來不及反應，想到這裡阿旺都快要瘋了。不過還有一件事，更讓他感到疑惑，餵他服用湯藥的少女與端了一盤羊腿的姑娘是不是同一個人？為何要一直稱呼他為「將軍爺」？我到底是誰？看看我的這副德行，我哪長得像將軍？

阿旺努力在思索的時候，他聽到疑似海浪拍打在懸崖的聲音，他為了一探究竟，好奇地沿著圍牆邊的羊腸小徑，朝著城堡的後方走過去。

萬仞懸崖　無垠海洋

目力所及是一望無際的湛藍海水，腳下是深達萬丈的陡直山崖，驚濤駭浪拍打在黑色尖銳的懸崖峭壁上，發出陣陣驚人的聲響。海浪撲上礁石，掩蓋住那些綠色的青苔，飛散出白色的水霧與白色的氣泡。深海處隱約發出一聲聲詭譎的地鳴叫聲，海面上一波波翻滾的浪花，空氣中夾雜著鹹鹹的味道，他站在巨大的礁岩上面自問：「這裡靠海嗎？我有走那麼遠嗎？這裡到底是哪裡？」

灰濛濛的天空，沒有燕鷗翱翔或成群結隊捕魚，海面上只有幾條像海豚的魚類在翻騰嬉戲，時而躍上半空中，時而潛入海中覓食。

「喔？喔！那是海豚嗎？長的好奇怪？還是鯊魚？但是尾巴又不像？真是怪了！該不會又是某一種怪物吧？」

不安定的一抹斜陽在水平線上跳動，在充滿水氣的雲霧中被拆成好幾節，然後又以一種不規則的型態，反覆地重疊在一起，羅貴旺感覺好不真實，就像夢境中的少女在撫摸他的臉頰一樣。

「咦！太陽要西下了！過了黃昏時刻嗎？奇怪？時間怎麼過得這麼快，我不是才剛出門？」

「糟糕！怪物可能又要出門獵食了。」

阿旺想起了圓形拱門上讓人怵目驚心的爪痕，他轉身拔腿就跑，兩尺厚的扇形巨門也正要關閉，他急奔回屋內，大門剛巧順勢閉合。空蕩蕩的大廳裡，天花板上依舊懸吊著兩串橄欖形紅色燈籠，燈籠內的紅色燭火與牆上的火炬也同時自動被點燃，通紅的燈火一眨眼就照亮了整個前廳。

位於牆邊角落的破舊木頭桌子上面，不知道是誰又放了一套乾淨的換洗衣物在上面，體貼溫馨之情讓阿旺感到莫名的激動與謝意。

「先生！你平安回來啦！發生了什麼事？有沒有遭遇到什麼東西？」不知道在何

時，總管突然出現在他的身後，親切地關心他。

阿旺：「喔！總管大人，對不起！我不是要故意要翹班的，我只是想要到外面去找個地方把身體洗乾淨而已，沒有想到會耽擱那麼久。」

總管：「我知道！沒有關係！福德爺已經跟我解釋過了，你看，他又為你準備了一套換洗衣服，等一下請到裡面盥洗，小女兒已經備妥了，請！」

阿旺：「啊！是福德老哥給我的？我還一直以為是？」阿旺會錯了意，他一直以為是總管為他準備的，不過他也相當感激，已經有許久沒有感受到家庭般的溫暖與關心了。

「喔！不過還是非常謝謝你們！」阿旺心中感到非常懊惱，那有第一天上班就出了如此大的紕漏。他依照總管昨晚的吩咐，把手上的棍子放在門框格子上，門板上同樣又出現綠色的回鶻古文。

阿旺：「對了！這是我在外面撿到的金屬罐，我沒有辦法打開，不知道裡頭放的是什麼東西？請總管過目。」阿旺把安全帽與小彎刀放在桌上，順便把金屬罐遞給了總管，然後就捧著換洗衣物到裡面盥洗。

風情萬種　閉月羞花

羅貴旺沒有聽清楚總管剛才說的「小女兒已經備妥」的那句話，他大搖大擺地走進浴室，以為裡面沒有人，沒有料想到會撞見總管的女兒塔青烏娜。

「將軍爺，小女子替你脫去身上的衣物，讓我來幫你擦背！」

總管的女兒早就在裡面恭候多時了，少女上衣穿著兜羅錦編織成的宮廷式削肩薄紗，下半身是三棱羅與渾金搭子混搭而成的裙子，她光著腳丫子，梳理了一頭光潔柔順的髮髻。她對著阿旺凝眸含羞，微笑似蓓蕾初綻，讓他覺得是一縷情絲搖人魂魄。

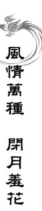

阿旺：「不用了！不用了！我自己洗就行了，不用麻煩您！謝謝妳！真是對不起！失禮了！是否可以請姑娘迴避一下。」

少女嘟著嘴、百般不願意地踏出房門，阿旺驚慌失措地送姑娘離開浴室後，他的內心裡異常矛盾，這把歲數都有資格當她的爸爸了，怎麼可以讓一個小女生幫她擦澡呢？真是亂倫！

不過這次他可是仔細的端詳她那秀外慧中、鵝蛋臉形的外表，她擁有精緻的下巴，還外加一張櫻桃小口，雙眼皮大大的眼睛，透亮嫩白的肌膚與輕盈窈窕的身段，比例完美的纖瘦修長、曼妙身材。

他判斷著總管的女兒與餵她湯藥的小姑娘應該是同一人，這次他是非常的篤定，他低語道：「不知道哪家的公子能夠有如此福分娶到她過下半輩子，哈！少痴心幻想了，少變態了！」

阿旺浸泡在熱呼呼的澡桶內，他已經忘了自己有多久的時間沒有如此享受過，他讓熱水掩蓋過了頭，讓自己盡情地悶在水裡慢慢沉思，為何他的內心裡面一直有一種寄情的化學成分，他怎麼也說不上來。

羅貴旺穿著福德爺為他準備的寬鬆粗布服走回大廳，總管手上握著口紅般大小的金屬罐，已經恭候多時。

「洗過澡了？」

阿旺：「總管先生謝謝您，哇！舒服清爽多了！」

總管：「我也是慕容部落的人，請不要客氣，以後直接叫我名字崑崙就行了。」

阿旺：「喔！不敢不敢！你們願意聘請我來這裡工作，就是我的老闆，我不能如此無理。」

崑崙總管好似有些話想要透露，但卻欲語還休，或許時候未到吧！有很多事現在還不便明講。

幕後毒手是誰？

崑崙總管捻著他手上那瓶金黃色的罐子說：「這罐裡面裝的是毒藥，但還好是慢性毒藥！這個罐子是用錫打造成的，這你應該看得出來，你看這裡，上下兩端都被穿了洞，毒藥裝進去後再封上蠟就可以了。這罐毒藥已經被使用過了，你看這上頭的蠟已經不見了，恐怕我們大部分的人都已經中了毒。」

阿旺：「總管先生！依你揣測是誰下的毒手？」

總管把毒藥罐放回桌子上時，本來羅貴旺好奇地伸手想要摸，他嚇得又把手縮回去。總管笑著說：「你摸沒有關係，這種單一毒藥必須配合其他藥物，才會發生整體效用，可見還有其它的藥罐裝有不同的毒藥，只是不知道它們分散在哪兒？阿旺先生，我們先不要打草驚蛇，現在還不能妄下斷言，只能暗地裡查證。」

阿旺對總管訴說著他在外面遇到多齒雷公藤蔓的整件事情經過，以及在藤蔓囊袋裡頭，發現夾雜有動物毛髮與士兵盔甲的整個遭遇。此時，大門外頭又有怪獸持續在撞擊門板發出轟隆聲響，還好有觀音竹節棍橫梗在門板上幫忙檔著。

顯然總管不願這件事繼續張揚下去，但是從總管的眼神上可以略窺一二，他應該知道幕後黑手是誰，只是還沒有其他佐證的資料。

總管的女兒從門後端出一盤清燉羊頭，她走起路來如風吹楊柳搖曳生姿，這一幕是阿旺最引頸期盼的，不過他還是不敢讓自己的眼神太放肆。

總管介紹道：「她是我的女兒，你們之前都見過面了，她的名字叫塔青烏娜。」

「將軍爺！我是你的，嗯，我是……」塔青烏娜欲言又止。

無奈崑崙總管對她使了個眼色，令她不得繼續說下去，阿旺也只能尷尬地站在一旁傻笑。

阿旺遇到樂樂

烏娜的背後轉眼間突然冒出一隻龐然大物，傳說中這種動物凶猛如虎，雄壯如獅，牠巨大的顱骨相當寬廣厚重，頸上有著厚實且矗立的鬃毛籠罩，粗糙的鬃毛外觀狀似斗蓬，既像獅鬃又像馬鬃，非常厚重。

牠的四條腿相當強壯，尤其是足部，有著巨大的腳趾頭，形大如驢。前軀也是被濃密的獸毛覆蓋著，低沉的吼聲足以撼動山嶽。外觀顯然就是藏獒，但是又有類似狼的尖豎雙耳與銳利的眼神。

猛獸對他狂吼了數聲，讓阿旺不寒而慄，牠的眼睛一直緊盯著阿旺，然後緩緩地向前逼近，此時阿旺已經被嚇得不敢喘氣，他全身僵住了肢體，不敢輕舉妄動。僅能任由猛獸尖銳的獠牙在自己的身上磨蹭，烏娜與總管則是遠遠地站在一旁，看著阿旺一臉的糗樣暗自竊笑。

猛獸突然站了起來，牠把雙腿直接就趴在阿旺的肩膀上，阿旺就這樣被牠直挺挺地摟著，他當然禁不起這身長兩公尺、重達數百公斤的猛獸擁抱，阿旺雙腿一軟，猛獸把他撲倒在地上，只見一團厚重的棕色鬃毛蓋在阿旺身上。猛獸用牠的大舌頭猛舔阿旺的臉，他全身沾滿了猛獸口中滴個不停的唾液。

阿旺求救：「總管救命呀！拜託！請把牠拉走！我快要不能呼吸了！牠這樣子摟著我，我會喘不過氣來！」

「樂樂！過來！好了，可以了，乖，過來這裡！」

塔青烏娜抓住猛獸頸上鬃毛，卯足了勁，硬是把牠從阿旺身上拉開，猛獸一鬆手，阿旺趁機連滾帶爬地倒退數十步。剛剛才沐浴洗淨過的身體，現在渾身又沾滿了獸毛與濕黏的口水。

阿旺看看自己：「天哪！完了！又要再洗一次！」

總管介紹：「牠是一隻混血藏獒狼，名字叫樂樂，牠很高興又跟你見面，你看牠！一看到自己人就急著要跟你擁抱，終究畢竟還是有緣！」

阿旺摸牠的頭：「樂樂好乖！樂樂乖！你好乖！」

崑崙總管意有所指地把樂樂介紹給阿旺認識，阿旺沒有會過意來，只是忙著對獒狼樂樂示好，專心安撫牠的情緒，怕牠突然獸性大發。

劍眉星目　玉樹臨風

總管等人離開大廳之後，獨留羅貴旺與一盤熱騰騰的羊頭在偌大的前廳內，阿旺坐下來用小彎刀取肉享用美食。入夜後，位於城堡地底下的地窖，又傳來一陣陣歡欣鼓舞的喧嘩聲響，與門外野獸的撞擊聲遙相呼應，此起彼落，吵雜的聲音令他頭昏腦脹。

今天是阿旺進來城堡工作的第二個晚上，他只想克盡警衛的職守堅守崗位，他乾脆來個相應不理，繼續享用眼前的美味佳餚。一刻鐘過後他又開始昏昏欲睡，瞌睡蟲再度考驗著阿旺的意志力。

「將軍爺，請喝湯藥！」

既熟悉又溫柔的聲音，再次讓阿旺就範，他乖乖把整碗湯藥服下，這次的藥效比昨晚的更加強烈，快速打通阿旺的任都二脈，洗髓易筋後，他的身體有如蝶蛾脫繭，全身上下快速腫脹，四肢激烈的扭曲擺動。

骨瘦如柴、身形短小的阿旺，幾經湯藥的催化之後，他逐漸變成了英俊挺拔、高頭大馬的翩翩美少男，此時的阿旺已經擁有強壯的體魄，自然散發出青春洋溢的模樣。

原本寬鬆的衣物，現在都快擠不下這熊腰虎背、魁梧健壯的昂揚八尺之軀。他的頭頂上長出了濃密烏黑的健髮，跨下剛強豪邁的男性特徵讓烏娜看得是臉紅心跳。

是妳！沒有錯，就是妳，巧目盼兮、令人怦然心動的姑娘，阿旺歷經幾個世代的輪迴，在靈魂深處最讓他刻骨銘心的紅粉佳人。

從塵封的記憶深處，幽暗的靈魂底下，阿旺再也按耐不住，一聲聲穿透過哽咽的喉嚨，他重複地呼喊著她的名字：「塔青烏娜！塔青烏娜！」

「劉離哥！我的軍爺！」塔青烏娜不捨地輕撫懷中這張俊俏的臉龐，閃爍的淚水禁不住奪眶而出，由於演化的速度太快，讓劉離耗盡體力，終於再度暈厥過去。

一 窺究竟

廳前厚重的大門緩緩開啟，外頭的晨曦灑進了屋內，經過一個晚上的折騰，趴在桌上的羅貴旺，身上的衣襟全都溼透了，觀音竹節棍又回到桌上與彎刀和安全帽整齊的擺放著。阿旺起身後舒展一下筋骨，發現自己的球鞋竟然已經穿不下，於是乾脆光著腳丫；他身上的衣物也好像縮水一般，全身綳的好緊，他低頭瞧了一下自己的四肢，驚訝地發現一夜之間竟長高了不少，而且長了好多肉，變得更加強壯了。

由於屋內沒有鏡子，他用小彎刀的刀面反光部分端詳了自己的臉部，雖然不是很清楚，不過臉上的皺紋幾近撫平，皮膚變的較光滑圓潤有彈性，眼袋也消失了，頭髮也比以前濃密許多，他既滿意又興奮地摸摸自己的臉頰。

好奇心驅使他往城堡內部移動腳步，想一探究竟，雖然已經是大白天，但是屋內仍然有些昏暗，他把竹節棍插在腰際，然後從牆上取下一根火把。

房子後面有好幾道用花崗岩搭配大理石塊砌成的迴廊，在他的預料之內，裡頭確實是杳無一物，空無一人。

阿旺大聲喊：「喂！有人嗎？我是阿旺啦！新來的警衛，我叫羅貴旺！有人在嗎？咦？怎麼沒有人在家？都到哪兒去了？全都出門了嗎？昨晚那些人呢？總管？烏娜姑娘？有人在家嗎？」

他躡手躡腳地往房子後頭走，邊走邊對著迴廊內大聲地喊，阿旺向前晃了一下手中的火把，裡頭空蕩蕩的，聽到的儘是自己的回音。

阿旺：「耶！不對呀！我昨晚確實是聽到裡頭有狂歡的聲音，怎麼會沒有人在家，不可能全都外出了吧？我人就在大廳，會沒有感覺嗎？不可能呀！」他自言自語地說。

迴廊盡頭有一堵突兀的大片紅石牆，好像是被人刻意地封住出口，他用小彎刀敲擊牆面數下，然後，繼續順著寬廣的旋轉石梯向下走，他探頭往扶手下面望去，樓梯底下烏漆抹黑，好像整個石梯被黑洞吞噬了一般。

他終於走到石梯底端，眼前的通路雖然非常寬大，卻是凹凸不平的火山岩地形，頭頂上的峭壁裂縫穿透些許陽光進來，他抬頭張望，赫然發現這是一個萬丈高聳的巨大石窟，但是裡頭卻是異常的乾爽通風。

阿旺興奮的說：「唉呀！我的媽呀！那是什麼？天哪！我發財了，歷史上最重大發現喔！搞不好我是第一位發現這裡的人，嘿嘿！」

古代超級戰艦

阿旺不敢相信自己的眼睛，映入眼簾的是一艘古代的巨無霸超級戰艦，這艘戰艦與四周圍的花崗岩石崖壁緊緊的鑲嵌在一起，從外觀就可以很明顯看見甲板上建有一棟三層樓房，他細數了一下，船上居然豎立有十一根的桅桿大帆，高達十餘丈而且還是採用硬帆結構。

船的兩舷和尾部有入水極深的尾櫓與平衡舵，驅動力是採用人力踏動，其驅動力在十三世紀當時可算是最強大的。

阿旺好奇地自言自言道：「唉喲！還是新的哪？怎麼會是新的？木頭打造成的船經過了那麼久的時間，應該會腐爛呀？就算是航空母艦也會腐爛生鏽啊！看起來好像是剛剛才建造好下水的？嗯！這還是一艘樓船！我在歷史課本上讀過，老師曾經教過，我記得很清楚。」

阿旺伸手觸摸船體外殼，他記得沒有錯，這是艘矩形平底樓船，不但可以避免擱淺，同樣的船體容量更大，多根桅桿交錯配置能克制逆風行船，可承受更強風力還能增大航速。

阿旺：「可能沒有辦法動了吧！你到底在這裡有多久了？唉呀！如果有手機就好了，先把它拍下來做成紀錄，證明是我最先發現的。以後這裡就可以弄成博物館，收門票！然後，我天天收權利金！唉呀！我發了！發了！」

阿旺被滿腦子的發財夢沖昏了頭，他手持火把首先找到船首下錨的缺口處，然後再爬進內部繼續探索，他在船的甲板兩側發現數十枚的重兵器。

阿旺：「火箭！這是火箭嗎？咦！古時候有火箭嗎？還是說這是魚雷？它還會不會引爆？這種火箭一定飛得起來，以前的軍事科技就已經如此精良，保證會讓敵人聞風喪膽。」

沒有錯，阿旺摸到的是古代十三世紀戰艦的基本配備——火龍，它每一枚重達二十斤，龍頭的下面與龍尾兩側各裝一個火藥桶，然後再將四個引信匯總在一起並與火龍腹內的火藥相連，阿旺不禁佩服起古代聖賢的科技智慧。

阿旺：「這個應該是用來射箭的，哇！好大一根。喔！喔！這個肯定就是投石器，我在電影上看過，這是專門用來攻打城牆的，我知道！但是萬萬沒有想到在這裡也看得到，我一直以為只有外國人才有這個東西。」

阿旺在甲板上就好像劉姥姥逛大觀園，東摸摸西瞧瞧地，這艘船上的主要武器配備都是精良的火炮，其次才是硬弩。他在足球場般大小的甲板上繞了不到半圈就開始喊累，不想再逛下去。

阿旺：「這個應該是瞭望臺，不過這也太誇張了吧！有必要弄得像豪華酒店一樣嗎！」

他步行到富麗堂皇的樓房底下，順著扶梯向上走，進入了位於三樓雕龍畫棟、金碧輝煌的巨大廳堂內。

兵馬俑再現

阿旺：「哇！這裡是在拍電影嗎？喂！大家好！你們好！我叫阿旺，我是？」

緊接著這一幕才是最讓阿旺瞠目結舌的景象，他用火把晃了數下，在他眼前的正是數千位穿著古裝的人正在繞著圓圈旋轉，他們全部都飄浮在空中，最前面這一排有些人看起來像是皇親國戚，中間有十多位相撲武士正在表演搏擊，舞台兩側是馬頭弦琴樂隊和體態纖美的舞姬在跳舞助興，眾多裝扮成士兵的人在台下飲酒狂歡，杯盤狼藉。

阿旺：「你們都吊了鋼絲嗎？這些假人好像是真的喔！耶，這些是兵馬俑嗎？喲！還有彈性耶，這裡是拍電影的現場嗎？若是兵馬俑的話應該是泥土捏出來的，但是，這些人的皮膚摸起來倒像是橡皮做的。」

羅貴旺自言自語的說，不過他仍然鼓起勇氣伸手觸摸這些人的臉頰，拍拍這些人的手臂，忽然阿旺停下腳步，他定睛一瞧，終於讓他瞧出了端倪，眼前這些人全都是驚恐萬分的一號表情。

有些人還是直接被拽到天花板上，或是互相擁抱嚎啕大哭，但是大部分的人是被推擠到牆角驚嚇莫名。桌上的飲酒食物與椅子杯盤也全都定格在空中，好像整個房間是在無重力狀態下。

阿旺：「這也未免太像了吧！都沒有吊鋼絲耶！這個場景是怎麼做出來的，我要不要對外公布我的最新發現，會不會被當成神經病，我想說出來一定沒有人會相信的。」

他用手指頭壓了一下被定格在空中的酒精液體，居然也被他彈劃開來。然後他好像發現到前方有幾張熟悉的臉孔，於是再往前面走去，他走到了最上面的觀禮台上，崑崙總管與烏娜居然也摻雜在其中，塔青烏娜當時正緊抓著父親的手臂驚恐不已。

「總管！烏娜姑娘！」阿旺困惑地拍了一下他們的肩膀，也在他們的面前彈了幾下手指頭，進而測試他們的鼻息與脈搏，「這些人都沒有了呼吸心跳，難道說全都死了嗎？」

在崑崙總管的右邊坐著一對年輕的夫妻，他們同時被十二位高大魁武、著盔甲的御前勇士們團團圍住，緊緊守著；右邊這位年輕標緻的女性，頭戴高挺的罟罟冠，並且穿著織上金線的大紅長布袍，袖口裝飾黑色毛皮；左邊這位面貌清秀的年輕人，也是穿著一件金色長袍的質孫服，他們是一對讓人一瞧就知道是皇族，是重要的大人物，阿旺拉他的手還跟他握了一下。

「你們到底是誰呀！一定是很重要的人物吧？」阿旺：「你好！我自我介紹，我叫羅貴旺，叫我阿旺就行了，我是這裡的新進警衛，第一次見面請多關照。」

圍成一圈正在保護主子的十二位威猛彪悍的勇士，也全都是頭下腳上的飄浮在空中。這些武士穿著柳葉鎧甲和鐵羅圈盔甲，內層是用牛皮製成的皮甲，外面再罩一件魚鱗鐵網甲。

他高舉手中的火把探頭上望，發現在他們的正上方屋頂破了一個大洞，他再瞧瞧十二位勇士的盔甲裡頭，居然有一套戰甲裡面是空的，懸在空中沒有人穿。

「喔！喔！好像有一位傻蛋被甩出去了，糟糕怎麼辦？」阿旺幸災樂禍的調侃著，但是他不敢逗留太久，阿旺舉著火把慢慢地循著原路離開戰艦回到大廳。

我是誰？ 劉離是誰？

剛剛這一幕真是讓阿旺嘖嘖稱奇，但是最讓他百思不解的是，前一刻才活蹦亂跳的總管與烏娜，怎麼也會像木頭人似的，被黏在那樓房上面。如果這些不是真實的人，那麼晚間發出的歡慶聲響是從哪邊來的？為何會有一艘船在房子底下，若他們是演員那他們又是在演哪一朝代的戲。

從接到徵人傳單開始，一直到現在所發生的每一件事，都沒有辦法給阿旺一個合理的解釋，是瘋了嗎？還是他的幻覺！阿旺一屁股坐了下來，決定在這裡等總管出現，再好好地問個清楚。

阿旺：「我怎麼都不會餓，奇怪了？我已經一整天沒吃飯，按照道理應該是要飢腸轆轆的啊！」

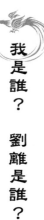

他把竹節棍與小彎刀擺回桌上，他想起了烏娜端給他吃的羊頭與羊腿。「糟糕！如果他們不是正常人，不是活人的話，那些東西能吃嗎？」回想到這裡，阿旺感到一陣毛骨悚然，然後又自我安慰地說：「還好我只是吞了幾口，就暈過去了……暈過去？在那時，睡夢中烏娜給我喝了什麼東西！不對呀！我的身體怎麼會改變那麼多？」

雖然如此，他還是起了身，滿意又興奮的，捏了一下自己的四肢，在寬闊的胸膛和厚實的肩膀上敲了兩下，然後又用手指頭撩了一下頭上濃密的健髮，說：「哈！這些是真的，這樣就夠了，嘿！嘿！我現在應該是帥哥一族！」

他瞧了一下桌上的安全帽與躺在地上的破爛球鞋：「這些東西我都穿戴不下了，應該要找個時間把它們丟掉。」

羅貴旺終於開始運用起不太靈光的腦袋，思索著整個事件中最重要的關鍵部分：「每一次烏娜餵我喝湯時，為何一直對我呼喚：『劉離哥！我的將軍爺！』我到底是誰？劉離是誰？我跟他又是什麼關係？」

盤舌三足蟾蜍

兩尺厚的扇形巨門又再度緩緩關閉，夜幕低垂，外頭昏黃的夕陽逐漸轉成陰暗漆黑，頂端垂掛下來的橄欖形紅色燈籠也自動點了兩盞燈火。

「轟！」厚重的巨門瞬間被龐然大物撞了開來，一聲巨響把正在打盹的阿旺嚇了一大跳，原來是阿旺忘了把觀音竹節棍放回門框上的固定位置以保護大門不讓異物入侵。

一隻醜陋的怪物從門外跳了進來，兩顆紅通通、牛眼般大小的眼睛，邪惡飢渴地瞪著阿旺，有一道明顯黑眶由吻端沿著眼鼻線，經過眼眶直達鼓膜上緣，眼後有明顯的毒腺體，身體僅有三肢，其末端膨大有蹼，背上有黑色鬃毛，腹部是淺黃色，皮膚外表粗糙，佈滿大小的黑色突起顆粒，還不時破裂分泌黏液，牠只要一吸氣讓身體膨脹起來，身體就會變換色彩，由暗黃褐色變為深色斑紋，再轉換回去。

「啊！救命呀！有怪物跑進來了！救命呀！總管，來人啊！」阿旺整個人愣在椅子上動彈不得，巨獸的寬厚嘴唇，快速地上下捲曲翻轉。

「咕嚕！咕嚕！咕嚕！刺！」

巨獸張開血盆大口，瞬間噴射出比牠身長還要大三倍，舌端似碗口般大的濕黏舌頭。幸運地，橫梗在阿旺前面的木頭桌子，先被牠以迅雷不及掩耳的速度捲吞進去。巨獸一闔嘴，桌子有如被機器輾過般碎片四射，擺在上頭的小彎刀直挺挺的飛插入木門，竹節棍掉落在門邊，安全帽則不見蹤影。不肯放棄的貪婪巨獸正準備作出第二波攻擊。

「咕嚕！咕嚕！咕嚕！刺！」

舌頭再度彈射，眼看濕黏的舌端就要碰觸到阿旺的衣服時，一道白光閃電般的從空中劃下，巨獸的一截長舌頭輕易地就被砍斷；掉落在地上的舌頭立即流出鮮豔的黃色汁液，劇毒的汁液遇到空氣，蒸發出噁臭的硫磺味道，而斷舌還不停往前抽搐蠕動。受重傷的猛獸落荒而逃，外頭的其餘野獸再也不敢貿然入侵。

總管：「每天晚上就是這些怪物在撞門的，它叫盤舌三足蟾蜍，有幾位士兵在半夜失蹤，可能是被牠們吃掉的。」

大門被關上後，總管把竹節棍放回門框上，棍子又由一尺長變為二十尺細長的圓柱發光體，瞬間與扇形門合而為一，還不時釋放出閃閃的帶電綠光。整片門板上，也同時連結感應，佈滿了奇形怪狀的綠色回鶻古文，然後又在三秒內消失不見。

帶頭大哥

崑崙總管旁邊站著一位手持關刀的彪形大漢，蟾蜍的黃色血液順著刀鋒緩緩地向下滴落。二公尺高的壯漢額頭留著一撮短髮、耳邊垂著長辮子，也戴誇張的耳環，用皮帶吊掛鎧甲護腹在腹前，然後用腰帶固定，胸前正中有個大型銅鏡圓護，皮甲下擺寬大折有密襇，另在腰部縫以辮線襖子並且佩帶一把小彎刀。

「謝謝！各位大哥，感謝您們的救命之恩！」阿旺僵坐在椅子上，全身顫抖地不知所措。

總管介紹身旁的這位蒙古勇士道：「應該謝謝帶頭大哥達格瓦摩羅，他是你的……」

摩羅等不及總管介紹就一把抱住阿旺，緊緊地摟著他大喊：「哎呀，我的好兄弟啊！劉七！我可想死你了，你怎麼會變成這個樣子？」

「好兄弟？什麼好兄弟？劉七又是誰？」阿旺以一種疑惑的眼神望著他們，他的心裡嘀咕著，我們以前認識嗎？我已經變得夠帥、夠好看了，你應該瞧瞧我之前失魂落魄的樣子。

阿旺：「請問這位大哥尊姓大名？我們認識嗎？」

摩羅：「劉七，你的頭殼壞啦！我是誰你竟然都認不得啦！」

總管忙著解圍：「兩位將軍！你們先等一下再相認，給我一點時間再說。拜託，這樣子好亂！」

阿旺忽然指著地上一截斷掉的舌頭說：「我知道了！福德爺說的妖怪就是牠，多齒雷公噬人植物囊袋內僅存的野獸皮毛，應該就是盤舌三足蟾蜍。」

大哥摩羅仍然緊摟著阿旺的頭，熱情的搖晃著，他們的身高幾乎差了一大截，雖然阿旺已經有一八〇以上的身高了，他仍抬頭仰望著眼前的這位比他大上一號的大哥，濃眉大眼、滿臉的刀疤與鬍渣，滿嘴的黃斑牙，前排斷了幾顆，呼出來的氣全是酒肉醺臭味。

「好了！可以了！待會兒我會帶他過去，再跟大夥們好好相聚，摩羅將軍你先請回，我有話要跟劉離將軍解釋。」

摩羅：「知道了！劉七兄弟待會兒見！」

阿旺鬆了一口氣：「待會兒見，這位將軍大哥！」

總管拍了摩羅的背部數下，摩羅終於鬆開雙臂，再不制止他的話，劉離大概就會被勒昏了。

總管打發摩羅將軍離開後，與阿旺對望了好久，然後才緩緩地道出整個事情的原由：「他是你們的帶頭大哥達格瓦摩羅，你們一共有十二位結拜兄弟，你排行第七，所以摩羅才會直接叫你劉七，你們全都是由蒙古所屬的各個部落挑選出來，最頂尖的一時之選，然後全部集中到大都，為元世祖忽必烈效命。」

劉離抬頭瞧了一下，垂掛的兩串橄欖形紅色燈籠上頭鑲畫上斗大的「烈」字，他問總管：「我也是其中的一位嗎？這麼說我也是蒙古人囉？」

總管：「嗯！你只說對了一半，七百年前你的本名叫劉離，你是跟著你母親的姓氏，你的母親叫劉穆妡，是宋朝人。」

「喔！原來我的名字就叫劉離，難怪烏娜見到我，都會叫我劉離。能不能聊一下我的父親！」劉離急著想了解他的前世。

總管深呼吸了一口氣，續道：「你的父親名字叫兀良哈，是個道地的蒙古人，想當年，你的父親追隨著成吉思汗到處征戰，立下不少功勞。有一年攻打南宋時，進入一個村莊看到一位年輕女子抱著一名嬰兒孤獨地在逃難，兀良哈心生不捨，就把他們帶回部落扶養。因為兀良哈年事已高又有汗馬功勞，成吉思汗就劃地讓他解甲歸田，兀良哈回到慕容部落後就納你的母親為妾，收你為養子。」

劉離聚精會神地聽總管訴說他的身世之謎：「這麼說我不是蒙古人，我是個漢人，我不是我父親生的！對吧。」

總管繼續訴說著：「你也不是你母親親生的！我曾經聽你的母親劉穆妡親口說，當年兵荒馬亂，整個村子的百姓幾乎要被殺光，你母親路過一間土地公廟，看到你孤零零地躺在竹簍內嚎啕大哭，於是她帶著你一起逃難，如果不是她，你早就曝屍荒野，所以沒有人知道你的親生父母是誰。」

劉離聳聳肩：「所以，我是撿來的對吧！請問總管，為何你會對我的身世如此清楚呢？」

總管：「因為我是你父親的幕僚，既是遠房親戚也是鄰居。」

劉離：「烏娜呢？烏娜是你的女兒！她跟我又是什麼關係？」

總管：「塔青烏娜是我的閨女，也是你青少年時期的青梅竹馬，你們也已經見過幾次面。」

劉離對於自己的身世已經了解了一大半，可是心中還是有很多的疑惑與問題點銜接不起來。此時喧嘩歡騰的聲響又傳上來，總管走到扇形巨門邊把小彎刀從門板上拔下來交還給劉離。

總管：「這把刀子以前就是你的隨身物，來！現在就還給你！」

劉離好奇地伸出雙手：「這把刀子是我的？幾天前我們剛見面時，你用這把刀劃破我的手掌，是有什麼用意嗎？」

劉離瞧了一下自己的手，想起了他曾經用過這把刀子，在總管遞給他的一塊沾滿血漬的檜木板上刻字簽名，上頭還寫了一大堆條文，當時還不小心被劃上一刀，鮮血滴在木板上；而板面上原本用漢文銘刻的文字，在鮮血滴落後，也與門板上一樣顯現出綠色的怪異文字。

總管：「很抱歉，因為你與大夥們分開太久了，我只想確認一下你的身分，所以才會想出驗血這一招。」

笙鼓鐘磬傳來的聲音越來越大，總管從牆上取下火把，他知道劉離還有些話要問。

總管示意：「我們下去吧！大夥都在等著你，待會再聊。」

劉離光著腳丫，穿著不太合身的深色粗衣素服，跟隨總管順著迴廊往內走，他們兩人又來到了迴廊盡頭的一堵紅石牆前，劉離停下腳步，用手撫摸著牆面，然後又用刀子柄輕輕地敲擊牆面四周，總管高舉著火把轉過身來問：「怎麼了？發現什麼東西嗎？這堵牆有啥問題嗎？」

劉離：「喔！沒事，只是覺得怪怪的，我們走吧！請問總管，關於那個錫罐子，除了裝毒藥之外還有什麼新的發現？」

總管：「有！確實是有很多的疑點！不過我和小女還要再確認一下。」

他們來到了船艙底下，總管壓了一下內嵌的木頭把手，船邊欄杆下方自動降了木製扶手樓梯下來，總管爬著階梯，邊走邊提醒著說：「待會兒，不管發生什麼事，只要是食物類的都不要碰！記得喔！」

總管又再度提醒：「喔！還有，等一下一進門後，記得要先向王子岱欽與王子妃跪安。至於，其他的事就看著辦吧！」

御前勇士再度合體

他們一起踏上甲板，進入燈火通明、布置奢華的樓房內，今晚的景象與白天他所看見的截然不同，王子岱欽與王子妃是肩並肩地端坐在最後方的觀禮台上，十一位武將威風凜凜分站兩旁，樂師與歌舞妓全都因為劉離的到來而戛然停止。

「哈哈！哈！哈！」

劉離一進門就引來一陣哄堂大笑，廂房兩旁圍觀的軍士將領與達官顯要，全都不約而同地站起來，大夥笑到都要飆出眼淚來了，因為眼前邋裡邋遢的劉離，與他們記憶中英俊挺拔的劉離確實是判若兩人，劉離尷尬地站在場子中央任由大夥兒對著他嘲笑，站在王子妃旁邊的塔青烏娜則是臉色鐵青，萬般不捨地望著他，此時王子岱欽突然站了起來，制止眾人對他的恥笑，總管在他旁邊一直暗示著要他趕快跪安。

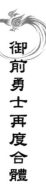

劉離稍微回了神，他的雙腿一軟，忙著請安：「王子殿下吉祥，王子妃娘娘吉祥，末將劉離在此跪安。」

崑崙總管終於鬆了一口氣，劉離也不知道他說的對不對，反正就模仿電視上的古裝戲劇亂說一通，還好王子覺得還滿有趣的並未怪罪，他舉起雙手要在場的賓客安靜一下。

王子喜形於色：「劉將軍你終於回來了，來人呀！給劉將軍賜座！歡宴繼續，歡宴繼續！」

戲台上開始笙鼓齊鳴，樂師們演奏著音色柔和圓潤的馬頭琴，舞姿優雅的名伶正婆娑起舞，劉離的眼睛不敢亂飄，他只敢乖乖地坐在總管旁邊，總管頂了一下他的手肘，說：「還好烏娜灌了你兩次的湯藥，否則他們還會笑得更大聲。」

劉離：「對了！我都忘了問！烏娜給我喝的是什麼東西？好像滿有效的！」

總管：「我也不知道那是什麼東西，反正是和尚交代的，我就照辦。」

劉離：「和尚？什麼和尚？」

正當總管要解釋給他聽的時候，摩羅大哥正帶領著其他的十位兄弟，手上端著酒盅圍過來敬酒，他們急著要與劉離團聚，頑皮的么弟克烈得道桂從劉離背後一把將他抱起。

「唉呀！劉七哥哥，你溜到哪兒快活去了？我們都好想念你喲！」

克烈得道桂在十二位兄弟中排行老么，屬於克烈得部族人，他有一張混血兒般的深邃輪廓、高挺鼻梁、立體的五官與深情的眼神，長的倒像是東歐的帥哥。其他的兄弟們也全都一擁而上，熱情地合力將劉七抬起，歡呼聲此起彼落。

「喝酒！喝酒！」

「劉七老弟，你好久沒有跟大夥一起狂歡了，今晚不醉不善罷甘休！來乾了！」

「對！不醉不善罷甘休，劉七，你今晚一定要喝！乾了它！」

「不准開溜！不准尿遁！喔？哈哈！酒盅拿起來！喝！喝光！」

大夥起鬨著要劉離一起飲酒狂歡，劉離無法婉拒，勉為其難，才剛喝下第一口酒，酒精嗆鼻的酸臭味讓他難以下嚥，當場嘔吐了出來。

「天哪！這是什麼酒，呃！好難喝喔！」

劉離被酒精嗆到咳個不停。

大夥又是一陣哄堂大笑，但是有一位原本就恭敬地站在王子右邊的官員立即變臉，露出不太歡娛的臉色。其實劉離剛剛一進門就已經注意到他了，他頭戴斗笠腳蹬皮靴，身穿盤領長袖右衽及膝的長袍。

「來！我來喝！我幫我老弟敬各位，跟各位賠個不是，我乾了！」不愧是大哥，達格瓦摩羅過來幫他擋酒，一飲而盡。

「耶！大哥不行，不能代他喝，重新再來一次！」又有兄弟給劉離的杯子重新斟上酒，希望他能一飲而盡，不得掃興。

「感謝大哥的解圍！感謝各位兄弟。」劉離勉為其難地捧著酒盅向身旁的兄弟們賠不是，還忍不住問了句：「這是什麼酒？味道好奇怪！好像有尿騷味？」

總管指著他手上的那一杯酒道：「那是犛牛奶酒，與青稞酒一起發酵的，還好你沒有喝，我也不喜歡那個味道。」

劉離與兄弟們胳臂緊緊地纏在一起，互相擁抱，其他軍士們蜂擁而上也要搶著敬酒，總管則在一旁忙著幫他攔下四周高舉的酒盅，反倒是拜把兄弟們輪流幫他喝。

國師　霍疾懾布尊法王

劉離好奇地問：「那個人是誰？站在王子旁邊的那一位。」

總管：「他是國師，他叫霍疾懾布尊法王，他是臨時派來為王子與軍隊祈福的，本來是另外一位仁波切要一起來，怎麼會臨時指派他上船？我也搞不清楚。」

劉離忽然對國師產生了興趣，他請教總管有關他的事時，眼睛一直緊盯著國師與他身旁的六位武僧動向，在整個船樓廂房內，除了他與總管等少數幾位是清醒的之外，就數他們滴酒未沾。

武僧們不時穿梭在群眾之間勸酒，國師的衣袖內隱約閃爍著金屬光芒，模樣倒是很像他在外頭撿拾到的那個錫罐。酒酣耳熱之際，有些部落與族群之間在言辭上有些小摩擦，他們藉著酒意起了爭執，雙方在相互推擠中偶而有些肢體衝撞。

劉離不解：「為什麼你們要這樣子狂歡呢？」

總管：「這是王子的賜宴，因為再過一天就要登陸攻打筑前國了，王子希望將領與軍士們在戰鬥之前能夠享受佳餚美酒，不過你是兄弟之中唯一滴酒不沾的。」

劉離：「原來你們是要出發去打仗，喔！對了！筑前國就是日本的令制國之一，我在歷史課本上讀過，是元世祖忽必烈下達的攻擊令！前後還攻打了兩次喔！」

劉離記得總管的叮嚀，他偷偷把酒倒掉，但是他的眼睛仍緊盯著國師的一舉一動。王子岱欽和王公貴族們也都相當盡興，摩羅大哥與兄弟們已經是喝到酩酊大醉，欲罷不能。

劉離邊說邊留意到么弟克烈得道桂，他一直在藉機靠近塔青烏娜，頻獻殷勤，而且還一路糾纏著她，他也意識到，么弟道桂可能內心裡早就對烏娜有些好感，正在對她示愛。但是，他也知道烏娜的眼神一直在自己的身上。

總管好奇地問：「你說什麼歷史課本？兩次什麼？」

劉離：「喔！沒有什麼？我的意思是說，你們已經在戰場上了，為何還會跑到這裡來呢？還有外頭的那些怪物又是怎麼來的？」

由於總管與劉離之間有七百多年的歷史鴻溝，所以有些話根本就無法交集，劉離知道多說無意，乾脆轉移話題，此時烏娜已經牽著藏獒狼樂樂，向他這邊走過來。

「你應該說是我們，因為當時你也在船上！也就是因為你的緣故！」總管話還沒說完，藏獒狼樂樂又再次猛撲到劉離身上，樂樂的兩顆尖銳狼牙已經頂在他的額頭上磨蹭撒嬌，劉離被嚇得不知所措。

「牠是在跟你撒嬌打招呼，你要用雙手抓著牠的獠牙，然後再用力搖晃回敬牠，牠才會高興，怎麼？你都忘了！記得不要摸頭要用擁抱的。」說話的是滿臉刺青、大光頭的老八雲謝飛鉢。他生性兇狠殘暴，習慣在每一次征戰後，把被他砍殺或是擊敗的名號刺在身上：「牠可是你的老戰友、好朋友樂樂，每天茶飯不思、朝思暮想的樂樂。」

劉離依老八的建議急忙照辦，他趕緊伸手抓住牠劍柄般的獠牙，死命地搖晃，牠的血盆大口不斷的發出「嗚嗚」的聲響，樂樂很有靈性地與劉離互動開來，他倆就像一對戀人般相互嬉戲扭打在一起，樂樂很興奮地拼命舔他的主人。

總管見景傷情一陣鼻酸，眼眶泛著淚水，他很高興經過這麼一番折騰後，劉離終於歸隊了，只是接著下來，不知道他能否獨自面對重重難關，然後完成接著下來的任務？

酒過三巡，菜過五味之後，烏娜牽著樂樂站了起來，她向劉離示意要到外面透透氣，劉離點頭答應，他們任意地抓起牆上的一根火把，從人群中溜了出來，他們只是想要離開這喧囂的歡樂慶典，讓耳根子清靜一下。

劉離：「我還是搞不清楚這艘船是怎麼來到這裡的？妳知道原由嗎？」

樓船邊四周遍插旗幡和刀槍，兩人相依相偎，挽著手親密地走在甲板上。忽然，劉離尷尬地鬆開烏娜那雙纖細的手，雖然他的外表長相已年輕不少，可是心態上仍停留在阿旺的花甲之年，他還是不敢太過造次。

烏娜回顧當天所發生的事說道：「我曾經聽過家父與國師們的對話，說這艘戰艦正在等著作第二波攻擊時，被一個黑色的大碗吞噬掉了，當天雷雨交加、烏雲密佈，情況非常危急，大夥在漩渦與亂流中暈厥過去，醒過來時就已經來到這裡了。」

劉離推敲：「大碗？你說的可能是黑色龍捲風！」

回想到這裡，塔青烏娜就心有餘悸，她牢牢地勾著慕容劉離的手肘，深情地望著他，烏娜靦腆地把頭靠在他的肩膀上，她讓樂樂單獨的走在後頭。

劉離：「我們要怎麼離開這裡呢？令尊他們怎麼說？還是說我們要永遠被埋在這個地方？」

烏娜篤定的說：「不會的，因為你已經回來啦！我們就快要離開這裡了！」

劉離：「不對呀！可是我已經回來數日了，為何都還沒有任何動靜？」

「這是你送我的，你還記得嗎？」烏娜心不在焉地，用纖纖玉指輕輕撥弄著腰間的棱羅腰帶。

「是誰說的？令尊大人嗎！還是？」劉離停下腳步等著她繼續說下去。

烏娜：「嗯？喔！不是，是和尚說的！家父說是和尚指示的。」

劉離：「又是和尚，他到底是誰啊？」

烏娜：「其實我知道的也不多耶，真的！家父是說等你回來後，還要麻煩你去找回五樣東西，等全部湊齊後，整個詛咒就會破解，和尚會帶我們離開這裡，大概就是這樣！其他的我就一概不知道了。」

劉離覺得煩：「到底要找什麼東西呀？真有那麼重要嗎？這裡有數千人，大家分頭去找不就得了，為何還要等我回來？只讓我一個人去找，妳不覺得很莫名其妙嗎？」

烏娜無奈地說：「我不知道是什麼東西，我只知道唯有你能自由進出這裡，所以要請你出去找回這些東西，因為我們最遠也只能夠走到城堡的大廳，再出去就會被極光之火燒掉；而且我們也只能夠在晚上活動，到了白天全部都要被定位，我們就是這樣子日夜輪迴，循環不止，非常痛苦不堪。」

劉離停下腳步，不捨地伸手輕觸烏娜的臉頰，他好似想到啥又趕緊收手。芳心激盪澎湃的烏娜主動地用雙手勾住他的腦杓，將臉頰湊上，柔嫩蜜唇如羽毛般輕輕地飛掠他的雙唇，烏娜先用舌尖輕舔然後再深情地吸吮著，劉離被她突如其來的動作嚇傻了，有如初吻的少男般僵硬著不知所措；她用貝齒掀咬著他緊閉的雙唇，濕潤冰涼的小舌忘情地探索入侵，劉離生澀地配合著，他的生理感官被電醒了，他極力地壓抑住男性的反應與衝動，然後他又理性尷尬地推開她玲瓏有緻的嬌軀。

劉離對於剛才動了慾火，內心裡有些內疚，開始喃喃自言自語地企圖轉移話題：「早上我還以為你們是在拍電影呢？原來是這樣。為什麼整個艦隊就數我一個人能夠自由進出呢？我也是蒙古人呀？蒙古人？總管剛剛說什麼『對了一半』，是不是在說，我只能算半個蒙古人！」

烏娜瞪著杏眼：「什麼電影？」此時船艙下有些騷動，樂樂不停地跺腳步，牠的腳掌在甲板上不停的拍擊。

烏娜：「樂樂要帶我們下樓去參觀，你想不想到甲板下的船艙去瞧瞧？」

劉離：「好啊！我正有此意。」

這對情侶步下甲板，進入樓船士與水軍們生活起居的第一層船艙，這裡存放了各式的彈藥與裝備武器，這一層兩旁設有開著箭眼的防護女牆，至於第二層則是全部用來豢養藏獒狼——原來樂樂是要帶他們下來這裡跟獒狼們打招呼。一千多隻的藏獒狼各自被關進鐵籠子內，黑鴉鴉的一片，樂樂吼了一聲，船艙內的獒狼也跟著一起遙相呼應，震耳欲聾的狼嚎聲此起彼落，這下子讓劉離說話時還必須扯開喉嚨，烏娜才能聽得到他說的話。

劉離狐疑：「再下一層是養什麼東西？我聽到好像是牛叫聲！」

烏娜：「是犛牛！一千多隻的犛牛！」

劉離：「你們養那麼多頭牛要做什麼用？」劉離好奇地問，烏娜摀住耳朵哈哈大笑，她也必須大聲的說話。塔青烏娜搖搖頭苦笑著，因為滿艙的嗆鼻尿搔味讓她的喉嚨很不舒服，烏娜拍了一下樂樂的肩胛，暗示要牠乖乖回到自己的犬舍內休息。

他們兩人再往下探視，走到船艙最底層，這裡詭異的氣氛讓劉離有些怯步，他高舉火炬慢慢向前走。這裡安靜了許多，不過裡頭傳來讓人聽了都會毛骨悚然的「吱吱」叫聲。

烏娜停下腳步：「家父說過這裡面不論什麼東西都不要觸摸！看看就好，我們走到這裡就好！我們不要再走進去了，裡面都是老鼠！」

劉離：「老鼠？」

烏娜點頭如搗蒜：「嗯！這裡養了幾十萬隻的老鼠！家父說這裡的老鼠皮膚上都有劇毒，碰不得。」

烏娜緊抓著劉離的手，一臉嚴肅地叮嚀著他，劉離往裡面瞧了一眼，那些關在圓形鐵籠子裡的老鼠個個大如貓兔，牠們的皮膚上長出一條條帶狀水泡，不停糜爛爆裂、流出綠色的膿汁，潰爛的腐肉散發出陣陣的屍臭味，蛆蟲在身上不停地蠕動叮咬，悶熱的艙房讓人汗流浹背，噁臭的味道令人翻胃。

忽然聽到有人說道：「不得進入！快離開這裡！你們怎麼會跑來這裡呢？」原來總管在樓上看不到她們兩人的蹤影，怕又再出事，於是下樓查看，他聽到藏獒狼的狂吠聲響後循聲找到這裡。

劉離：「這裡面都是些什麼東西？」

總管揮手：「不要管那麼多！離開這裡就是了！」

總管就站在樓梯口，揮手示意要他們趕緊離開這裡。

就在他們回程的路上，劉離拉著烏娜的手尾隨著總管。劉離一直追問著：「你們養這些東西做什麼？老鼠是會傳播病毒的，難道說你們都不怕死嗎？你沒有聽說過黑死病嗎？這就是黑死病！你們不曉得它有多嚴重，它在一三四〇年散佈整個歐洲，這場瘟疫爆發造成歐洲有百分之三十的人死亡。」

總管問：「黑死病是啥東西？我不知道，不過我只知道這是戰略之一，這不是我所能決定的。」

劉離問：「我的天哪！你們居然還配備有生化武器？」

總管：「蒙古武士從小就要與這些東西接觸，一起生活，這是訓練的一部分，他們碰到這些東西也不會生病的。」

劉離：「喔！那是免疫力！他們在體內產生了抗體，哇！你們的醫學科技有夠厲害。」

「什麼是抗體？免疫又是啥？」烏娜是丈二金剛一頭霧水，他們已經來到了船樓下，群眾的歡呼聲依舊，但是聽起來似乎有些不同。

博克巴伊勒德呼　摔跤搏擊　生死決鬥

他們回到歡慶的樓房內，一場既精采且刺激的傳統蒙古式摔跤——博克巴伊勒德呼——剛剛結束，身長八尺的贏家站在擂臺中央接受觀眾的英雄式歡呼。這位博克慶摔跤手身著昭德格摔跤服，皮革坎肩單衣，肩上有泡釘鑲包，他足蹬馬靴，腰纏寬皮帶，脖子上戴有多條的綢緞條兒。

總管指著臺上說道：「他是國師的手下，名叫達日阿赤，北室韋韃靼人，也是令人聞風喪膽的摔跤手！」

「糟糕！」不知為何，總管突然驚呼一聲！達日阿赤在臺上脫掉皮革坎肩上衣，取下脖子上的綢緞條兒，眼露兇光伸手怒指著劉離，在台上表明要向他挑戰。台下觀眾開始鼓譟，他們不過就是想要看一場實力懸殊的猴戲。

「大夥都是戰場上的好兄弟，沒有必要把整個場面搞得如此血腥不堪，可以嗎？」

「達日阿赤！不可以太過分！他才剛回來，這樣子太不公平了！」

「你若有種，有本事，就挑其他人打！你乾脆就跟我打好了！」

「達日阿赤！摔跤比賽好玩就好，不要傷了和氣，有必要搞得那麼僵嗎？」

摩羅等兄弟們當場跳起來，七嘴八舌地對達日阿赤咆哮，想要阻止這一場生死搏鬥，同時間，雙手腕各套了五個碗口粗的銅環，高大魁梧、重達一百八十公斤的二哥孛日帖風鈸，首先跳出來指名要跟達日阿赤單獨對戰。

他說：「他會被打死的！王子殿下，法王國師，求求您！請阻止他，取消這一場格鬥！劉七他還沒有準備好，這擺明了就是一場謀殺！你可以挑選我們當中的任何一位，劉七沒有辦法上場比武！」

就算大哥摩羅願意為劉離低頭求情，他也不忘指著對方罵個兩句，但是霍疾懾布尊法王仍不為所動，依然不吭一聲地站在一旁。

「爸爸！快點想想辦法！」烏娜拉著總管的手在一旁急著跳腳，她眼看著王子好像也是束手無策。

「怎麼啦？出了什麼事！他指著我，要我做什麼？」狀況外的劉離還不知道大禍即將臨頭，總管的心頭都涼了半截。

總管：「任何人都有權指名挑戰當今御前蒙古十二位勇士中的任何一位，而且一旦他取下皮革坎肩上衣與綢緞條兒，就是擺明了要討一場生死格鬥，任誰都沒有辦法阻止，這是我們帝國的傳統。」

劉離心頭涼了半截：「我完了！回來得真不是時候！耶，不是有規則的嗎？哪些地方不能打？哪些地方不能拉的？咦？沒有裁判嗎？」

總管：「就是沒有犯不犯規的問題，所以沒有裁判，打到死為止，若不想死就要當場接受羞辱，接受贏家的任意處罰，倘若你輸了，選擇被羞辱就等於是你兄弟們的顏面全輸，威信將被瓦解，你是御前勇士的其中一位不是嗎？無人可說項。」

劉離：「若我選擇死呢？」

總管無奈的說：「我的女兒將會是最傷心的，也有人會趁虛而入。而且你們兄弟又是歃血為盟，以後兄弟們在軍隊面前也一樣會抬不起頭來，有朝一日也將會瓦解，被他人取代，讓人瞧不起！兩難對不對？這就是國師的詭計，高招之處。」

「我真是有夠衰，真的沒有其他辦法了？」個頭與對方差了一大截的劉離，望著心愛的佳人有如洩了氣的皮球。

總管：「有！打贏他！想辦法打贏他！才能扭轉劣勢給國師一個重重的打擊。」

劉離：「是喔……是我上去打又不是你，說得可輕鬆了，那你有何妙計？」

總管聳聳肩：「妙計？目前沒有！不過你先上去跟他打再說！咱邊打邊想。」

崑崙總管居然當起了場邊教練，他嘗試著給予劉離上場比武之前的信心。劉離硬著頭皮站上擂臺中央，圍觀的軍士噓聲四起，達日阿赤站在一旁暗自竊笑。為了公平起見，劉離把手上火把與小彎刀遞交給烏娜，跟著也脫下破舊的上衣露出白皙、弱不禁風的身軀，但是他依舊勇敢地挺起胸膛來面對強敵。

「嘩！那是什麼？好奇怪！」

此時群眾的噓聲突然轉變為驚訝聲，從劉離的肩胛骨以下明顯露出一條條暗紅色的淤血印記，遠觀好似一隻鳥，劉離也不知道他的背部出了什麼事？他反手撫摸，確實有被鞭打過的痕跡。

峰迴路轉　鹿死誰手

一開始達日阿赤當然不想速戰速決，他只想在群眾面前先好好地戲弄與羞辱對手，劉離當然也知道不能被他抓到，一旦被抓到，跑都跑不掉，兩人就在場地邊繞起了圈子。同時，場子外居然也有人開了賭盤，收起賭注，而樂師們為增加興致，當場也敲起邊鼓，隨著他們繞場的速度與節奏，越敲越大聲。

冷不防地，劉離被幾位站在場邊的士兵抓到，合力抬了起來，把他丟回場子中央，兄弟們見狀，急得跳腳，高喊：「劉七站起來！快跑！小心啊！不要被抓到！」一已經來不及了，達日阿赤一個箭步跑過來，右手揪起劉離的褲腰，左手掐住他的脖子，高舉過頭在場上繞了幾圈，群眾們興奮鼓譟、拍手叫好，達日阿赤有如籠中老虎在把玩手中的獵物，樂得開懷大笑，刻意的把劉七拋向觀眾席。

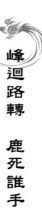

當劉七又再次被推回到場地中央時，達日阿赤用粗壯結實的手臂鎖住他的脖子，然後用沙鍋大的右拳連續不斷地猛擊劉七的額頭與臉頰，拳拳到位，把脆弱的眼窩、鼻樑與嘴角都打到鮮血泊泊直流。

達日阿赤鬆開手臂，劉七雙腿一軟，達日阿赤順勢用膝蓋，由下往上頂擊他的下顎，滿臉鮮血的劉七重重摔回地面，鮮紅血液噴向圍觀群眾，血腥味讓失去理智的群眾們興奮不已，狂呼吶喊。

兄弟們與總管父女只能難過地站在一旁，捶胸頓足，不知所措。霍疾儞布尊法王則是一臉逍遙地站在王子身旁，喜悅之情溢於言表。

劉離四腳朝天，當場暈厥在場子中央，達日阿赤高舉雙臂繞場一周，接受來自四面八方的英雄式歡呼：「阿赤！阿赤！」

達日阿赤有如死神附身，突然收起了狂妄的笑容，露出猙獰的眼神，四周的歡呼聲也戛然停止，似乎都在等待著死神的裁決，當達日阿赤又再一次地把劉離從地上抓起高舉過頭時，國師忽然臉色一變，比了一下手勢，達日阿赤毫不猶豫地準備將他重重往下摔。

就在此時，兩道刺眼的金黃色閃光，讓氣若游絲的劉離有些回神，他努力地睜開朦朧的雙眼，下意識告訴他這當下發生了什麼事，若他再度被重重地往下摔，又將會有何後果。

「摔！摔！摔！」失去理性的群眾歡呼聲再起，劉離雙手懸空地亂抓一通，達日阿赤踮起腳跟，高舉雙臂，正用力要往下甩時，劉離就在這千鈞一髮之際，正好伸出手指頭勾住達日阿赤的黃金大耳環。

阿赤的雙耳當然承受不了劉離的全身重量，他痛得哇哇大叫，燃眉之際，達日阿赤緊抓著劉離的手腕試圖多少抵銷掉一些重量，但是劉離故意蜷曲著身體，死也不肯鬆手，居然在空中吊起了雙環，威猛的達日阿赤頭部朝下，終於不支倒地。

劉離順勢爬到對手的背上，雙腳使勁地纏住他的腰，手指頭還死命地勾著耳環。情勢大逆轉，現在換成劉離踩著對手的背，當眾戲弄起達日阿赤，他就像騎著水牛阿德似的，抓著鬃毛不放。

總管與兄弟們喜極而泣，相互擁抱，紛紛跳起來擊掌，外圍的賭盤也開始一面倒。阿赤的耳垂硬生生被撕裂，換他鮮血直流，崑崙總管與高采烈的對著劉離高喊：「啊哈！我就知道他一定有辦法的，真是妙招啊！」

兄弟們在一旁齊呼：「千萬不要鬆手！劉七快點逼他求饒！逼他求饒！他已經輸了！王子殿下，對手輸了，請快點宣判對手已經輸了！」

正當王子岱欽在場邊觀戰，等著倒在地板上的達日阿赤承認敗戰，釋出棄權投降的訊息時，他瞧了一下站在身旁的國師，國師望著場中央，僅僅只是冷笑了一下。

不愧是征戰八方的摔跤好手，魁梧高大的達日阿赤忍著痛楚站了起來，他挺起胸膛，昂揚著對空狂喊一聲，然後整個身軀直挺挺地向後仰，就像神木般倒下，重達兩百斤、死豬般的軀體就這樣橫躺在劉七身上。

再見羅貴旺

從船樓上方天花板的破洞中，照進破曉曙光嫣紅的晨曦，在空中劃出一道道的優美弧線。除了躺在地上的劉離免於輪迴之外，其他人又全部被定格在半空中。奄奄一息、滿臉鮮血的劉離終於逃過一劫——居然是時間救了他——他的呼吸道被幾近凝固的血液嗆到，可能是肋骨斷了，劉離胸口痛得沒有辦法用力呼吸。

原本俊俏的臉龐快要被蹂躪成貓熊眼，英挺的鼻梁也被打塌了，經過一番激戰後，劉離的五臟六腑全都被翻了過來。他用力起身，取回握在塔青烏娜手上的小彎刀，拾起地上的衣服。劉離全身瘀傷疼痛不堪，拖著疲憊的步伐離開死寂般的船樓，他握著火把，返回位於上頭的城堡大廳內。

厚重拱門門閂上的觀音竹節棍，靜靜躺在破碎的小木桌腳旁邊，體力已然耗盡的劉離，終於不支倒臥在空蕩蕩的大廳中間，他手上的彎刀與火把掉落在一旁。大廳上方吊掛的兩串橄欖形紅色燈籠，被外頭刮進來的風吹得嗦嗦作響。

塔青烏娜脫俗精緻的輪廓、異形怪獸的追殺、崑崙總管關愛的眼神、法王國師陰邪冷冽的嘴角，以及兄弟們開朗豪邁的笑容等等顯象，有如黑白默片，一格格在他的腦海裡倒映播放。

惡夢與驚喜不斷在腦海中翻攪，百年來時空錯置的孟婆因果，輪番湧上心頭，孤獨寂寞的身影有如在荒漠烈陽下，此刻最期盼的是甘霖的滋養與慰藉。

「劉將軍！軍爺！我的軍爺！」

劉離昏昏沉沉地夢到烏娜溫暖纖細的雙手正在輕撫著他的傷口，時而近又時而遠的嬌柔聲音在他耳邊呼喚；烏娜的身影又突然幻化成白髮蒼蒼的慈藹老人，正在近湊著他瞧：「羅貴旺！喂，阿旺！你醒醒！喔！喔！你看你又傷成這個樣子！」

他努力張開腫脹的雙眼，佈滿血絲的眼角讓他無法分辨出夢境與現實之間的分野，劉離眼前一片迷濛，他半瞇著乾澀的眼球咕嚕地轉。

「你能不能起身？喝點湯藥就會好一點。來，起來，忍耐一點，老朽扶你。」

劉離失望著說：「喔，是您啊！謝謝您老哥哥，我自己可以起身。」劉離揉揉惺忪的睡眼，忍著疼痛硬是撐起了上半身，福德爺將他手上的碗杓遞給劉離，示意要他喝下那碗黑咕隆咚的湯藥。

福德爺：「不然你以為我是誰？」

劉離摀著鼻：「唉喲，好臭！這是什麼呀！好難聞！這碗藥嚐起來的味道怎們會跟烏娜給我喝的味道完全不一樣？」

福德爺：「我哪曉得這裡頭是什麼東西，反正是菩薩交代給我的，祂說喝下去對你的身子骨有幫助的。」

劉離：「菩薩？您說的是菩薩還是和尚？總管先前跟我提的是和尚，如果是同一個人，那麼說，祂到底是誰？我已經喝了祂兩帖的這種中藥，這碗藥有沒有效呀？」

福德爺不發一語，拄著龍頭拐杖笑瞇瞇的佇立在一旁，看著他痛苦的一口口嚥下。眨眼間他臉上腫脹的傷痕與渾身上下的抓痕慢慢地癒合，甚至斷裂的肋骨也是神蹟般的一根根接合，劉離全身的血脈筋絡迅速通暢，他緩緩起身，不可置信地活動一下筋骨，然後終於鬆了一口氣，想不到自己竟然可以回復原本的模樣。

福德爺摸著他的臉頰說：「你的臉色有些蒼白，要不要出去曬曬太陽。」外頭晴空萬里，真是個陽光普照的大好天氣，光著腳丫的劉離點點頭，他確實也認為應該要到外頭去走動走動，整理一下思緒。他撿起桌腳邊的竹節棍與地上的小彎刀塞進腰帶內。

福德爺指著地上：「不要忘了你的鞋子。」福德爺提醒著他。劉離雖然心理嘀咕著「不是穿不下了嗎？」不過他還是轉身回頭在碎片散落一地的雜物堆裡翻找。

劉離手上拎著破舊球鞋，一腳踏出門檻。想不到就在這一瞬間，他又被打回原形，劉離馬上又變回原本矮瘦乾扁又禿頂的糟老頭羅貴旺的模樣。

阿旺沮喪的說：「啊！不要這樣！天哪？不要！怎麼又變回來了！」

羅貴旺欲哭無淚，沮喪地望著福德爺，福德爺拍拍他的肩膀安慰他說：「一切都是命！命中註定的。兩種截然不同的輪迴，他們是受到詛咒才會日夜不停的輪迴，而你的下場就比較精彩！這七百多年來，每一次的投胎歷程都不一樣，但全都是以貧病、潦倒、孤獨收場。」

阿旺問：「我的養母劉穆妡為了逃避兵荒馬亂，路過一間土地公廟，抱著我一起逃難的時候，就已經註定我這七百多年來的悲慘命運了，對不對？當時是祢把我交給她的不是嗎？」

福德爺不想用「慘」字來刺激他，不過也該是告訴他實情的時候了。福德爺撩了一下雪白的鬍子點頭承認：「這是天意和你的本命，當時你的親生父母全都成了刀下魂，我只好出此下策囉！你還記得水牛阿德嗎？」

阿旺一聽到已經仙逝的水牛阿德，就稍稍壓抑住心中的激動，願意心平氣和地聽原委，福德爺繼續訴說：「有些天機是不可洩漏的，也就是說時候到了你自然就會知曉的，不過我僅能提點你，你和水牛阿德都需要隔世代的輪迴修行，不過你的功德修行比較耗時間，需要隔七個世代，僅此而已。」

黑洞吞噬　時光攪拌機

福德爺說得倒輕鬆，不過阿旺聽得火冒三丈：「對啦！我就比較倒楣！說了也是白說一場，不管怎樣我還是聽不太懂！」

福德爺安慰：「好啦，不要生氣了，七百多年都過去了不是嗎？哈哈哈，也都是時候了。好啦，乖，把鞋子穿上。」

他們走到陡峭的懸崖峭壁邊，俯瞰眼前這片無垠無涯的湛藍海洋，海浪一波波的拍打著，山腳下的巨大礁岩，激起陣陣的白色浪花，海面上那幾隻長相奇特的海豚依舊在迎著風浪嬉戲覓食，頭頂上的太陽正在慢慢地往西移動。

阿旺：「請教福德爺，烏娜姑娘曾向我提及，船上遺失了五樣東西，必須等到全部湊齊後，整個詛咒才會破解，是這樣子嗎？」

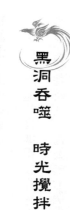

福德爺：「事實是這樣的，你們的這艘船正要進入東瀛國的領海時，剛好遇到時空的跳躍與空間的漏斗斷層。」

阿旺：「我們正在跟日本打仗嗎？難怪，這艘船上有那麼多武器！」

福德爺：「嗯，你先聽我說完緣由。是這樣的，當時你們躍進了另一個時空領域而失蹤，而那時皇帝忽必烈收到前線的戰報，卻誤解你們是臨陣脫逃，於是在龍顏盛怒之下，當庭下旨詛咒『永不得超生』，你們才會被封鎖在這片絕壁懸崖下面，一直到現在。」

阿旺：「但是在我們的那個年代，不可能有這些怪物吧？」

阿旺想起了追殺他的那些生物，心中不免有些疑惑，福德爺指著身後的這棟房子說：「牠們是幾千萬年前的特有生物，這些怪物也是跟你們一樣，是被時空跳躍帶到這裡來的，這座城堡也是一樣，也就是說，有一些不同時空的東西同時被湊在一起。對了！你還記得你們這艘船的船樓天花板被撞破了一個大洞嗎？」

阿旺：「啊！祢是說有很重要的東西從那個裂縫掉出去嗎？」說到這裡福德爺不

禁莞爾，笑嘻嘻的指著眼前的阿旺。

阿旺：「天哪！祢該不會是說！我在當時也是從那個裂縫掉出去的！」

福德爺：「哎呀！我說的不是裂縫，是破了一個大洞！破洞是因你而起的，其他的東西才會跟著掉出去，你被甩出去的時候還是光溜溜的喲！嘻！」

阿旺終於想起來了，船樓內漂浮在半空中的十二位兄弟們，其中有一件盔甲裡面是空無一物，回想到這裡阿旺竟然有些難為情。

阿旺：「原來被甩出去的那個傻蛋居然是我，竟然是我捅出了個這麼大的簍子；但是，為什麼只有我會被甩出去呢？」

福德爺：「總管不是曾經向你解釋過了原由嗎？原因就是因為你不是蒙古人，而是漢人，就因為這樣，所以際遇會大大的不同，你就是從那個時候開始七世修行輪迴的。」

阿旺：「到底是從船上丟掉了什麼重要的東西？掉落在哪裡？祢能不能說清楚一點，我比較好找。」

福德爺欲言又止，竟然賣起了關子：「這個我就不太清楚了，我看你還是去問總管好了；不過，既然禍是你闖出來的，你就快點動身尋找囉！把東西找回來，詛咒自然就會迎刃而解，你說不是嗎？全靠你啦！」

阿旺嘆了一口氣：「唉，真是的，說了也是白說！」

福德爺：「當時王子殿下焚香祭拜後，就指派總管與國師想辦法去懇求菩薩幫忙出手相救，希望能讓整個艦隊早日脫離苦海。如今菩薩交辦要我把你找回來的事，我已經功成，所以現在要身退囉！」

羅貴旺沮喪著從腰際取出觀音竹節棍，想要還給福德爺：「不管怎樣，福德老哥，阿旺還是銘記在心，祢多次的出手相救，阿旺拜別叩恩，這根棍子現在就依約還給祢。」

此刻，福德爺的身體漸漸的幻化成透明狀，然後又轉變為一道彩虹，直竄天際，最後成為一團閃爍的白光，消失在層層雲海中，遠方傳來空靈梵音：「觀音竹節棍將護佑你到菩薩現身！」

破解大内　謀命指令

阿旺手握竹節棍，隻身一人趁著西方斜陽尚未落入大海之前，腳程加快，急忙趕回城堡內。崑崙總管手上捧著錫製的金屬圓柱體，正喜上眉梢地站在門邊，他迫不及待地對阿旺說：「我們有了重大的發現！」

羅貴旺才剛跨進門檻，他的身形又變回高大挺拔的劉離，腳下的布鞋鞋帶應聲蹦開，此時身後的厚重大門也同時轟隆關上。他瞧了一下總管的四周，然後好奇地問：「有何好消息？你挖掘出了什麼線索嗎？」

「不是我！是我們家的丫頭發現的！你瞧！」總管把圓柱體擺在銀盤上，然後，他轉身喚他們家的閨女出來：「女兒呀，妳出來一下！」

「對呀，是我在把玩時，不小心掉到炭火堆裡才意外發現到的，軍爺請看！」

塔青烏娜舉著火把，臉上堆滿了笑容，她輕移蓮步從牆後現身，劉離眼見伊人喜形於色。烏娜用筷子夾起銀盤上如印章般的圓柱體，再用手上火把燒烤，該錫製金屬立既膨脹成橄欖球大小的球體。她將它擺放回銀盤上，球體表面用漢文陰刻鏤空成的二排字體，立即在光亮的銀盤子上倒映出來：

至元十一年十月三日　取　對馬島　壹岐島　博多港　合浦出擊日

益攻草　半強夏　芫麻花　鈎龍吻　日續半錢　金銀花解　韓　訶令

劉離瞪直了眼：「哇！太誇張了！總管你看得出來上面寫些什麼嗎？不過至元十一年我倒是看得懂。咦？至元十一？不就是這裡的門牌號碼？唉呀！我終於搞懂了！我又被福德爺耍了，原來根本就沒有志元村志元十一號嘛！」

總管：「劉離軍爺，我解釋給你聽，至元是忽必烈的年號，艦隊得到旨令，決議在十一年十月三日從高麗國的合浦出發攻擊，他們的目標是先拿下對馬與壹岐這兩個島，然後再由博多港登陸。」

劉離：「所以這是軍事情報囉？對不對總管？那麼這裡寫的又是花又是草的，到底是什麼意思呢？」

總管先是愣了一下然後又端詳了老半天，才娓娓道出：「這些都是毒藥草，平均每日連續各服用半錢，而且又要按照藥物的排列次序先後服下，藥效發作時首先會麻醉人的痛楚神經，最後才會讓人有瘋狂的攻擊行為。」

烏娜雙手端著銀盤差點打翻掉，她著實也嚇了大一跳：「毒藥？這麼說有人在十月三日前後就已經陸續下毒囉？是不是呀？爹！」

劉離用手指頭觸摸著最後的三個字，說：「應該說是王子殿下設宴犒賞軍隊的時候開始下毒的，你們看這裡的『韓 訶令』好像是一個人的名字？他又是誰？」

總管附和著：「你說對了！這個『韓 訶令』是『摩訶谷韓阿速察不訶』的簡稱，他是王子岱欽的三哥，應該是他下達用慢性毒藥謀害王子與全船等人的指令。」

劉離覺得這件事的背後，有一連串相當不單純的宮廷奪權陰謀正在醞釀，可是他又不敢挑明著說，於是問道：「為什麼他要謀害自己的親弟弟呢？這樣不會影響到整個艦隊攻打東瀛的軍事行動嗎？」

烏娜：「姑娘我同意將軍爺的看法喔！」

總管難過地頻頻搖頭，接著又嘆了一口氣說：「自古以來皇親國戚為了奪權，骨肉相殘這等殘酷髮指的事不斷在上演，真是令人不寒而慄；但是軍爺，關於毒藥一事我的見解跟你的看法有些不同，這帖慢性毒藥剛開始反而對前線的登陸攻擊行動有大大的助益。」

劉離：「有助益？總管你不要說笑了，哪有人服用毒藥後還能再打仗的！」

總管：「我前面不是提過了，它是一帖興奮劑也是麻醉神經的抑制藥劑，也就是說，它會讓前線打仗的戰士奮不顧身地奮勇殺敵，然後，倘若他受了傷也不大會感到疼痛，這樣子就不會影響到整個部隊的行動力。」

烏娜：「爹，那你又為何說三王爺要謀害自己的親弟弟呢？」

總管推論：「嗯！沒有錯！這種藥物一旦停止繼續服用，七天內會讓人神經錯亂，全身腫脹、七孔流血而死，這種殺人於無形，而且不會讓人起疑竇的做法，你們說幕後的指使者是否城府夠深，夠心狠手辣了吧？」

總管知道他離題了，也知曉尚未回答他們前面的提問，他揮揮手繼續說道：「傳統上，蒙古族的家產繼承，是由么子為繼任第一人選，這是與漢族不同的地方，或許是這樣才會引來奪權的殺機。」

烏娜：「爹，我懂了！原來他們打得如意算盤，是等王子岱欽他們打了勝仗取得領土之後，再漁翁得利囉！對不對？爹，我說的對不對！」

總管微笑地點點頭，烏娜得意地笑著，劉離佩服地望著眼前的紅粉佳人：「難怪後面還有第二波的攻擊行動，不過最後還是輸得很慘，人員傷亡比第一次的登陸作戰還要多。」

劉離回想起他在學校讀過的歷史故事，但是總管他們也相當好奇，為何劉離對於這段典故那麼清楚，他解釋著說：「喔！是歷史上記載說的，不要忘了我在凡間輪迴了七百多年，不是嗎？」

烏娜：「爹！有沒有解藥呢？還來得及挽回嗎？」

烏娜一提醒，總管與劉離忙著在閃亮的銀盤子上蒐尋其他未讀完的字跡。

崑崙總管：「嗯！有了！就在後面這裡提示著『金銀花解』，解藥應該就是金銀花，我想餵毒者怕事態發展未如預期，或是萬一有了變卦還有藥可解，不是嗎？應該是這樣解釋。」

劉離不禁佩服起崑崙總管的學識，他又回想起他的養父母，以及他和十一位兄弟們之間的極端不同與部分未解的身世之謎。

劉離：「總管你怎麼會懂這麼多？又為何我與摩羅大哥他們的差異如此之大呢？他們各個是如此神勇無比？」

烏娜噗哧一笑，讓自暴其短的劉離尷尬不已，總管莞爾的說：「因為我幼年時期曾經在南宋私塾讀過書，也在草藥舖待過一段時日，所以對於中藥醫理略懂一二，你還記得我曾經提及我是你父親的幕僚，也是親戚嗎？」

劉離與烏娜聽得入神，總管繼續追憶著往事：「你的養父兀良哈在當時也是雄霸一方的領主，你的母親劉穆妡期盼你長大後成為龍鳳，當時整個帝國正在募選各個部族的第一勇士進京，最後再遴選出十二位成為御前將軍，令堂當然不會放過這次的機會，就慫恿你父親，要令尊想想辦法。」

劉離：「可是我怎麼看自己，怎麼都不像是有絕世武功的御前勇士啊！」

總管回想著過往：「是呀，問題就出在這裡，你的養父曾跟隨著成吉思汗到處征戰，立下不少汗馬功勞，所以在朝廷中建立了一些人脈，令尊為了要讓你一路過關斬將順利入選，因此運用朝廷中的人脈，耍了一點手段賄賂朝中官員。」

劉離：「我就知道！原來我是作弊來的！那麼烏娜姑娘你知道這件事嗎？」

烏娜點點頭露出無奈的眼神，真是不言可喻，總管繼續說道：「你有漢人血統，膚色與族裡的小孩不同很容易辨識，又因為你年少叛逆，同時也是個被溺愛的紈褲子弟，結交狐群狗黨，整日遊手好閒、惹事生非，令堂為了不讓你繼續再沉淪下去，夫妻倆就決議讓你進京磨練。可是他們對你又放心不下，就委託我隨侍在一旁照顧你，當時我家丫頭也跟著我一起搬遷到大都京城。」

劉離追問：「後來呢？我與家父、家母有否再相聚呢？」

尋找解藥　一攤血漬

此時心情鬱悶的總管搖搖頭，他放下手上的橄欖球體說：「這一段往事是我最不願回憶起的。我們剛落腳在大都京城時，就傳來惡耗說整個村莊得了瘟疫，他們倆老沒有逃過這場劫難。進京後，為了不想讓你分神，所以一直隱瞞著你，真是罪過！請原諒。」

烏娜置放手上的大銀盤到椅子上，她雙手抱著父親的肩膀安慰著他，說：「爹！不要再難過了，我們要趕緊找到解藥，但是要從何找起呢？」

「當然是從國師那裡找起！霍疾懾布尊法王，他的嫌疑最大！一定是他！」劉離不假思索地脫口而出，總管與烏娜點頭同意他的推論，總管好像又想起了什麼似的，說：「難怪！本來是諭令另一位仁波切登艦來為王子與軍隊祈福的，我就覺得納悶，怎麼會臨時換人，另外指派他上船？原來這中間早有人算計好了。」

「如果我是國師的話，我會把解藥放在哪兒呢？是放在臥房嗎？還是？」總管低頭思索著，努力推敲最有可能的地方，劉離在大廳內踱起了方步。

烏娜則是一派輕鬆的說著：「還不簡單，『不是在男人的身上，就是在女人的身上呀』！」

總管：「唉喲！我說女兒呀，大家已經夠煩了，你還有心情開玩笑！真是的！」

烏娜：「人家也有在幫忙想啊！你怎麼可以這樣子說人家的不是，劉離哥你說對不對？」

劉離：「我個人認為，還是從他的臥房找起，不管怎麼樣，那裡還是他個人最私密的地方，我當然知道國師不是那麼簡單的人物，也不會這麼傻，讓他人輕易想到放在哪兒，你們認為呢？」

劉離正在表達他的個人意見時，銀盤子上的錫製金屬橄欖球體，因為溫度的降低，漸漸地又回復縮小成為印章大小般的圓柱體。總管將它遞給烏娜示意要她保管好，烏娜將它塞進腰間的小兜帶內。總管轉頭對劉離建議道：「你不要在大夥都能活動的晚上潛入他的房間，更何況房門外還有他的貼身侍衛在看守著，我看你還是利用大白天時，就可以大剌剌地進入仔細尋找。」

烏娜：「我也贊成軍爺劉離哥的看法，國師才不會那麼笨的啦！」

烏娜情不自禁驅前握著劉離的手，劉離尷尬地望著總管，羞赧地輕輕撥開她的雙手。總管見狀笑開懷地說：「喔！沒有關係！你們從小就是青梅竹馬的玩伴，烏娜一玩開來就像個小瘋婆子似的，比較沒規矩，哈哈！」

劉離在他們父女告辭之後，趁著黑色夜幕再次被掀開之前，坐在椅子上利用短暫片刻，養精蓄銳等待黎明時分。

天亮後，他來到國師的房舍門前，左右各有兩個大的轉經筒，前後迴廊就如他們之前所預料到的無人看守。房門居然沒有用銅鎖關上，他輕易的就推開門扇進入房內。

第一進玄關中央為四臂觀音像，劉離將手上火把插進木牆上的圓孔洞內，詳細地檢視觀音像有否機關可藏匿藥罐。

觀音像的左側是八大勝樂忿怒金剛，右側內供奉蓮師八變聖像。由於正值大白天，就算翻箱倒櫃弄出再大的聲響，也沒有人會過來喊抓賊，不過國師這隻老狐狸相當機靈，等會兒不管如何翻找，最後還是要想辦法原封不動地歸位，儘可能不要露出破綻。

他走到一堵木造牆前，這裡供奉著毗盧遮那佛、釋迦牟尼佛和阿彌陀佛共三尊。應該是客廳吧？室內空間相當寬廣，王子對他也真是禮遇，倍極尊寵。劉離四下打量後，同時設身處地想像著，如果他是國師會把如此重要且關鍵之物藏在哪兒而不被發覺呢？

劉離取下牆上的火把，最後進入牆後國師的閉關房。他推開這道房門，發現裡面的擺設相當簡單，只有一張黃色絲絨床，靠牆四周的佛龕內一共供奉了二十一尊度母，僅此而已。

他舉著火炬搜遍房內的牆板、佛龕、衣櫥等各種有可能以及不可能的地方，甚至於他還學起電影來，掀開床墊與輕輕推動每一尊佛龕內的度母，尋找暗藏機關，如此大費周章的翻找，把他累得滿頭大汗，一屁股就坐在黃色絲絨床邊休息一下，他想要先讓自己冷靜下來。

劉離：「真是怪了？床上竟然一根毛髮都沒有，整個房間只有濃郁嗆鼻的藏香味，國師竟然比女人家還要乾淨？」

劉離嘗試著把整件事往前再重新追溯一次，他自言自語地說：「這些毒藥是如何經過嚴格的搜身檢查，而闖關上船的呢？難道說國師與皇親就有特權嗎？若沒有特權，那麼他們到底是用什麼方法運毒呢？」

劉離的腦海裡閃過多齒雷公藤蔓攻擊他的那一幕，囊袋裡還有一堆還沒被消化的動物毛髮，士兵的盔甲與錫罐混雜在一起，還有盤舌三足蟾蜍為何每晚都會來撞擊厚重的扇形拱門呢？這些是他最無法參透的怪事。

劉離絞盡腦汁想破了腦袋，正當他一起身，想要離開這個房間時，「喀吖」一聲，突然整張床應聲微微翹起，床腳與地板連接處，輕巧地切開一道縫隙。

劉離在地板上找個洞孔插上火把，他雙手用力搬移開整張床，赫然發現床下還有一個二公尺長寬的凹洞，他「噁」了一聲，不敢再往下繼續探索，因為裡頭儘是一大片腥臭的暗紅色血漬凝塊。

這當下劉離已經快速地掌握了整個事態發展的十之八九，不過他被這血淋淋又驚悚的畫面嚇得是魂飛魄散跌坐在地，正當他抽起插在地上的火把時，他瞄見在凹洞角落邊有一個晶亮的錫罐探出頭來，他伸手將它挖出，然後就一路狂奔逃離該房間。為了尋找解藥，沒想到竟然發現這一幕，現在的他只想急著抽身離開這裡。

當庭對質　兩強對峙

晚間，船樓上岱欽王子犒賞的晚宴依舊一成不變、盛大隆重地再次輪番上演。

怒氣沖沖的劉離，一腳踏進宴會廳就高舉手上的錫罐，面對著與會賓客高喊道：「兄弟們、各位貴賓你們不要再喝了，酒甕內已經被下了毒！」

群眾們聞聲一片譁然，場子內有些許惶惶不安地騷動，御前將軍們更是群情激憤地站起來，三哥獨眼龍阿拉格力風更是憤怒地把手中的酒杯猛摔在地上，他手握雷公鍾一路狂飆地跳進場子中央：「是誰下的毒？老七你說是誰下的毒？老子我要砍了他！」

大胖子四哥伊日畢思優婆，手提追魂戟也是氣呼呼地跑到老三的身旁：「有刺客？我們這裡有刺客！快！保護王子！王子小心！」

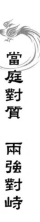

岱欽王子起身試圖安撫此刻已經惶恐不安的軍心，劉離怒視著隨侍在一旁的國師霍疾懾布尊法王，他的六位貼身保鑣見狀，急忙緊靠過來保護國師。氣氛頓時凝結，崑崙總管一見苗頭不對，就拉著女兒塔青烏娜的手退避到牆邊角落。

老么混血兒克烈得道桂，機伶地跑到他們身旁護持著。五哥智多星博日格德夜多，抓起身後的九環斬馬刀，避開人群悄悄地繞道潛行，試圖靠近王子身旁。王子妃、樂師與女伶們急忙告退離開宴客廳。

王子向前跨出了幾步：「劉將軍！你說有人在酒裡下了毒，你又有何證據呢？你倒說說看，到底是誰好大的膽子，敢謀害自己的同袍呢？」

大哥達格瓦摩羅緩緩地走到劉離背後，拍拍他的肩替他壯膽：「老七，兄弟們給你當靠山，反正你就大膽地說吧！沒事的！」

劉離二話不說，把手中的錫罐丟到他身旁的熊熊火鼎內，該錫製金屬製品一遇烈焰，立即膨脹成橄欖球般大小的球體，球體表面上用漢文陰刻鏤空成的二排字體倒映在空中閃爍不停，大夥見此奇景全都目瞪口呆地愣住了。

「這就是證據，下毒謀害大家性命的幕後黑手，就是三王爺摩訶谷韓阿速察不訶，就是他指使國師下毒！在酒裡下毒的就是他！」

與會賓客全都驚訝地望著國師，劉離居然敢當著大夥的面指控國師，除非罪證歷歷，否則這是一件非同小可的事。

王子也希望他能提出更充足的物證：「『韓　訶令』？是三哥摩訶谷韓阿速察不訶？請問劉將軍除了這個之外，你還有何證據證明是國師下的毒，因為球面字體上並沒有顯示他的名字呀？」

不愧是老狐狸霍疾懾布尊法王，已經到了這個節骨眼，還能不動聲色、穩如泰山地站在一旁。十二位兄弟中最沉不住氣的就屬六哥哈日查蓋曇晟，他揮舞著血滴子雙鉞，怒氣沖天地對著國師與他身旁的六位貼身武僧們叫囂怒罵：「你們這群渾蛋王八烏龜，老子早就看你們不順眼了！看我敢不敢砍了你們！各位兄弟一起上呀！三哥、四哥少跟他們囉嗦！」

劉離：「這個錫罐就是鐵證，是我在國師的床鋪底下找到的，倘若不是他還會有誰呀？」

劉離的手指頭上還沾染些許暗紅色血跡，他高舉右手展示給大家看，繼續指證說：「王子殿下，各位！他在床鋪底下挖了一個大洞專門處裡屍體，你們看！我的手上還有血漬，我認為國師不只是在我們喝的酒內下毒，他還利用人體運送毒藥！避開盤檢！」

滿臉刺青的大光頭老八雲謝飛鉢和大力金剛腿老九伊德勒進燈也全都忿忿不平地跳出來咆哮：「混帳國師！你們這些修行者居然敢做這些傷天害理的事！你還有何話可說？」

九將軍氣瘋了：「你們到底謀害了幾條人命？他們都是我們的兄弟呀！你們這群狐群狗黨、狼心狗肺的東西，真是該千刀萬剮，你們好狠的心呀！竟然敢下如此重的毒手？」

王子岱欽不發一語地望著法王霍疾懾布尊，知情的六位爪牙也全都神色慌張，手足無措地等待國師的指令。整日不語的國師此時有些動搖，終究還是有些按耐不住地答辯：「回稟王子殿下！微臣是無辜的，我是被栽贓的，請不要聽信劉將軍的胡言亂語。」

此刻王子雖然是站在仲裁者的身分，還不能妄下斷言，不過他的眼神已經不時的飄向躲在牆角的總管，有點向他徵詢建言的意味，他說：「劉將軍，這是你個人的臆測吧？不能光憑你的幾句話、一個物證就能定罪於國師，你說是嗎？他還指控你栽贓的喲？劉將軍你說呢？」

站在摩羅大哥身後的十一弟鐵布衫蘇日勒和剋多藏聞言，氣得將他手上的齊眉棍重重地在地板上踱著，說：「真是鬼扯蛋！我們家七哥說是就是！廢話那麼多，那個罐子就是證據！哪來這麼多的證據！有夠胡扯蛋！」

大哥摩羅制止態度魯莽的十一弟，同時也使了個眼色要兄弟們部署戒備：「好了！你少說兩句，不得無禮！老七，把你知情的事全盤托出，不要怕！有兄弟們在此，沒事的！」

劉離更加壯了膽，大聲地說出：「稟報殿下！當初要登艦為軍隊祈福的仁波切，怎麼會臨時被撤改成國師呢？您們不覺得奇怪嗎？國師常年為三王爺效命，為何在這個關鍵時刻會出現？再說，毒藥是如何被輕易地偷渡上船？那就是他收買了幾位不知情的兵士，命令他們將含有毒物的錫罐子吞下肚！」

說到這裡不禁讓總管佩服起劉七的推論與大膽假設，站在一旁的塔青烏娜也高興得不禁拍手致意。

劉離：「等到下毒的時辰一到，他就令他的貼身武僧們把人謀害滅口，然後再將屍體拖到他的房內剖腹取出藥罐，把毒罐子丟進宴會中的酒罈內給大夥飲用。」宴會賓客們一聽到「酒罈」二字，嚇了一大跳，紛紛的把手上的酒盅丟棄在地上。

劉離越說越大聲：「最可惡的是，他為了毀屍滅跡，命令武僧們將用過的空錫罐子再塞回屍體內，他的手下再把屍體從塔樓窗口丟出屋外，餵食在外頭等待多時、飢腸轆轆的盤舌三足蟾蜍！就是這些怪獸每天晚上撞擊我們的城堡大門。」

王子驚訝地問：「盤舌三足蟾蜍？外頭的怪獸就是盤舌三足蟾蜍？難怪有些軍士無緣無故的在半夜失蹤，劉將軍！請問整個過程是你親眼見到的嗎？」

劉離點頭：「回殿下的話，末將才剛回來，倒是沒有親眼見到，不過我曾經在城堡外面受到多齒雷公藤蔓的攻擊與吞噬，還好福德爺出手相救，幫我解困，當時就在藤蔓囊內，發現一堆還沒被消化的蟾蜍毛皮與士兵盔甲，我還在裡頭撿到一個一模一樣的錫罐。」

出手救駕　逼退宿敵

塔青烏娜聞言，立即從她腰際的小兜帶內，掏出總管父親要她保管好的錫罐，她當眾高舉展示：「王子殿下！國師就是用這個裝毒藥的！」

其中一位武僧見狀，立即用雙腳夾住地上的酒盅，一個扭腰收腿，酒盅馬上被甩到半空中，他右手一揮把酒盅對準烏娜手中的罐子鏢出，「噹」的一聲錫罐應聲被震落；十二弟克烈得道桂一把抓住烏娜的手腕將她拉到身後並喊道：「姑娘！小心！快到我後面！」

該武僧趁此空檔向前伸手飛撲，意圖奪取掉在地上的錫罐；克烈得道桂不由分說地抽出鴛鴦雙劍，使勁對準他的手掌刺出；武僧做了個假動作，瞬間換手搶走錫罐，再當場做出三個鷂子翻身，躍回國師身旁。

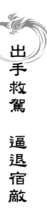

這個武僧也太過於躁進了，由於他的衝動行徑，這下子讓國師真是百口莫辯，跳到黃河也洗不清。

劉離看到烏娜受到襲擊，急忙衝過去，他扶住她的纖纖玉手，不捨地詢問：「烏娜！有沒有受傷，妳的手有否震痛了？」

三人互相對望，塔青烏娜內心異常糾結，一位是她的青梅竹馬，花前月下私定終身的戀人，另一位是暗戀她許久、頻獻殷勤的混血帥哥，而他們倆則又是歃血為盟，願為對方兩肋插刀的好兄弟。劉離正想鬆手避免尷尬時，克烈得道桂突然轉身抓住烏娜的香肩，劉離愣了一下，道桂卻是把烏娜推到劉離懷中，同時對他說：「劉七哥！你沒有兵器護身，武功又尚未恢復，總管父女兩人就由你來照顧，你們快點離開這裡，我負責斷後！快走！」

王子岱欽正孤立無援地被晾在場中央，露餡的國師豁出去了，他斷然下令：「達日阿赤快點過去擒住王子，抓他過來！」

北室韋韃靼人達日阿赤帶著另一位武僧，聞令同時撲向前方，正要擒拿住王子的當下，排行十的百步穿楊飛刀手阿日斯蘭惠馱對準武僧，快如閃電地從袖口鏢出四刀，達日阿赤鬆開身上的黃色袈裟，拍掉其中兩支，另一位武僧左手臂命中一刀，另一刀則帶血劃過肩胛。

但雖阻得一時，王子仍失手被擒；已經潛行到前面的五哥智多星博日格德夜多，懊惱著來不及營救王子，他見情勢失利，馬上掄起手中的九環斬馬刀砍向國師：「去死吧！你這個死老妖！」

國師身旁的武僧們挺身護主，輪番用手中的兵刃硬是擋下如泰山壓頂似的數刀。五哥智多星身子蹲低再轉身下腰，九環斬馬刀又再度砍向武僧們的腰際，他以一抵四忙得不可開交。

由於事出突然，圍在一旁觀戰的數百位軍士全都嚇傻了，如無頭蒼蠅般手足無措。達日阿赤把王子押解給國師，國師抽出腰間的小彎刀抵住王子的脖子，大哥達格瓦摩羅手持關刀出面，在場子中央指揮兄弟們緊急出手相救：「現場所有的軍士們全都退下不得出手！老八！老九！快點上前去幫老五，他快要撐不住了！老二、老四，留在這裡待命！」

滿臉刺青的大光頭八弟雲謝飛缽高舉狼牙棒偕同大力金剛腿老九伊德勒進燈手持少林月牙刀，得令後，立即加入五哥智多星的戰局。

「你敢欺負咱們家老七，換我來教訓你！」

十一弟鐵布衫蘇日勒和剋多藏，等不及接令就已經擺馬點槍，揚起手中的齊眉棍標擊達日阿赤，達日阿赤用三叉戟擋切應戰，齊眉棍當頭劈下，三叉戟應接不及差點被挑掉，齊眉棍戳至阿赤胸口，他踉蹌地被撞到牆邊。

三哥獨眼龍阿拉格力風使勁地用雷公錘狂掃國師雙腿，口中叫囂著：「你給我鬆手，老子叫你放手！放開王子！」

另一武僧閃身竄出，伸手解圍，迎刃搭救國師；獨眼龍換了招式，用他的雷公錘攻打對手的上三路；武僧的刀刃才剛觸及，一聲碎響，雷公錘立即應聲將之斷成碎片飛濺開來，阿拉格力風一起腳，用力把滿臉鮮血的武僧踹飛開來；國師忙著把王子岱欽押到牆角。

蘇日勒和剋多藏施展五郎八卦棍法，先紮個四平大馬回頭轉身劈擊；達日阿赤幸運地用三叉戟擋開，順勢雪花蓋頂回頭翻身殺至；十一弟馬上轉身再來個金雞獨立，動如脫兔的齊眉棍瞬間戳進達日阿赤的胸口，逼得他倒退幾步，再來一招向前跪馬鎖喉槍，達日阿赤慢了一步來不及擋擊，正巧刺中咽喉。這幾招已經把達日阿赤打得是無法招架，遍體麟傷哇哇大叫。

六哥哈日查蓋曇晟見機不可失，將手腕內的血滴子銅鈸涮出，欲取達日阿赤的首級；機伶的達日阿赤看見晶亮的暗器冷慄地直劈過來，猛一縮頭血滴子銅鈸剛巧劃過他頭頂上的髮髻，飛向躲在後面的國師右側，直接就釘在木板上。

「五哥小心！閃開點！」眼看武僧手上的鑾刀正要砍到老五的右肩，老九伊德勒進燈挺身向前，用少林月牙刀勾住、攔下並且順勢向下壓制，武僧撲了個空，頓時失去重心，身體向前傾斜，老九使出大力金剛腿右旋揮掃，不偏不倚地踢中對方的下顎，武僧當場斷了數顆牙齒，滿口鮮血倒臥在地。

老八雲謝飛缽的狼牙棒也不遑多讓，他先制伏其中一位武僧，並敲碎他的右手掌，讓他喪失戰鬥能力，然後再專心對付另一位擅長耍弄九節鞭的武僧。該武僧先拉鞭走出左步，再進右步轉身勾襲擊傷雲謝飛缽的左肩，他將節鞭旋繞舉起，忽然撩上實則是向下打，老八已經被對方弄得是眼花撩亂無法招架，武僧食髓知味，得意地將節鞭再往右後一勾，突然又剪步向前跳進追打雲謝飛缽胸口一鞭，老八無心戀戰，忍痛用左手腕攔下九節鞭，怒斥：「哎呀！呀！你煩不煩啊，去死吧！」

老八高舉狼牙棒，使勁猛揮向眼前武僧的天靈蓋，武僧當場頭破血流被震退數十步。六位武僧無法與御前將軍們匹敵，紛紛退守回國師身旁，劉離等三人才剛閃躲到船樓大門口，總管瞧見阿日斯蘭惠馱騰空飛起，他的袖口飛刀正對準武僧們蓄勢待發。

總管：「住手！惠馱將軍！小心傷到王子！」

惠馱將軍迅速收回飛刀，心中非常納悶而且很不能理解地問：「總管大人！為何呢？您放心好了，我只會瞄準國師，不會射中王子的！」

總管兩難：「法王國師也不能死！各位將軍請你們全都住手！拜託請全都先行退

下！」

二將軍孛日帖風鉞與老四伊日畢思優婆當場是氣得捶胸頓足，說道：「為何要刀下留人？總管大人你不得心軟！」

老四衝向前去：「你們不敢動手，我來！看我敢不敢砍他！大哥，讓我來殺他個片甲不留！」

「嘿嘿嘿！總管說得對，量你們誰也不敢動手！」法王陰邪地冷笑三聲。

總管無奈地說：「你們全都中了他的毒，我不知道解藥是什麼？他到底是放在哪裡？倘若他死了，神仙都救不了你們！」

怪獸傾巢而出　蜂擁包夾

御前將軍們全都呆住了，總管不得不說出因由，此刻國師的內心裡到底仗持的是什麼。

五哥智多星博日格德夜多指著火鼎上閃爍的字樣說：「咦！上面不是已經標明著，說是『金銀花解』嗎？總管大人，不需要再擔心啥了！」

烏娜：「上頭寫說是金銀花解，就真的是金銀花？還是另有其它的解釋呢？」不愧是姑娘家，比較冷靜細心，總管點頭同意女兒烏娜的另類看法。

劉離提醒：「國師詭計多端，沒有那麼簡單的，他死了大夥都活不了！」

劉離續言：「嗯，不對！不是活不了，而是千年的詛咒就沒有辦法化解開來，倘若我們沒有辦法完成聖上的使命，便還要在這裡痛苦地繼續生死輪迴，永世不得超生。」

劉離：「總之，當下最重要的事，兄弟們記得一定要護住王子，不得讓他受到任何傷害！」

劉離心頭紛亂得不知如何對眾人解說清楚，他同時也道出大夥們的痛，烏娜難過地緊摟著他哽咽落淚，么弟克烈得道桂尷尬地轉身背對著他們。

國師用刀子抵住王子咽喉，在武僧們的護衛下迅速離開船樓來到甲板上，御前將軍們也只能眼睜睜、束手無策地緊跟在後頭。

就在此時，「轟隆」一聲，城堡內的迴廊盡頭，那堵突兀的紅石牆突然被炸開來，數十多隻飢餓的盤舌三足蟾蜍聞到一群生肉味，蜂擁地由上面衝下來。沒有人知道國師在何時安排了一位臥底奸細躲在迴廊內，伺機將紅石牆炸開，引導牆外的怪獸進來攻擊，或許他想來個玉石俱焚、同歸於盡。

軍士們急忙拾起地上的兵器，各個奮勇撲殺體型碩大的怪獸，但無奈蟾蜍的獸皮異常堅韌，一般的兵刃很難傷它分毫，怪獸肆無忌憚地張口吞噬眼前倒臥的士兵。

「咕嚕！咕嚕！咕嚕！刺！」

士兵們擺開的攻勢輕易就被衝散開來，大哥摩羅手持關刀跑到蟾蜍群的前頭奮力的揮砍，關刀多次刺進蟾蜍皮下就會被獸皮沾黏住，很難拔出，士兵們又節節敗退，擋都擋不住，他驚覺大勢不妙，喊道：「兄弟們！快點呼叫你們的『前鋒』上來！」

御前將軍們聞令，同時對著甲板下猛吹口哨，十一隻藏獒狼聞訊由甲板下猛撲上來，面對巨獸牠們毫無畏懼地奮勇撲殺，露出尖銳的獠牙，死命地啃咬著三足蟾蜍。

烏娜急著要劉離也吹口哨，呼喚樂樂上前來營救：「軍爺！你也快點吹口哨呀！快點呼叫樂樂上來！」

「吹口哨？我不會呀！怎麼辦？」，劉離急如熱鍋上的螞蟻。

「喊牠的名字也行呀！」么弟笑著建議他。

劉離面對船艙下大喊：「樂樂！樂樂！快來！」

藏獒狼樂樂在甲板下早就蓄勢待發地等主人下令，凶猛如虎的樂樂一上甲板，二話不說就爬到蟾蜍的背上猛咬，尺長的獠牙很輕易就穿透獸皮，牠用巨大的腳趾先扒開筋肉再咬碎獸骨。

國師一行人趁著藏獒狼與盤舌三足蟾蜍在甲板上纏鬥，正如火如荼地瘋狂廝殺時，向上逃到城堡大廳內；將軍們不放心，也隨後追上來。

「國師！算了吧！你們逃不了的，若你肯放了王子殿下，我保證給你們一條生路，你意下如何呢？」大哥達格瓦摩羅勸國師不要做困獸之鬥。

國師聳聳肩：「我個人沒有意見，不過，這倒要先問問達日阿赤肯不肯？」國師的葫蘆裡不知道賣著啥？打什麼算盤？國師與武僧互看一眼後，給了總管他們一個提議說：「達日阿赤想要與劉將軍再比劃一次，決一死戰，劉將軍贏了我就放了王子，交出解藥，不知道大將軍你意下如何呀？」

此時，雙耳耳垂在上次比武時被劉離扯破的達日阿赤，向前站了出來，崑崙總管小聲提醒身旁的帶頭大哥達格瓦摩羅，說：「大將軍您千萬不能答應，一定要阻止這一場對決，他在運用拖延戰，拖時間而已，不知道還要耍啥詭計。」

「就讓我來幫七哥上場，國師可以嗎？達日阿赤你沒有意見吧？」原來是老么克烈得道桂挺身而出，願意代替七哥與達日阿赤決一死戰。

達日阿赤嗤之以鼻：「喔！原來是娘娘腔混血雜種啊！你不怕我打爆你那張小白臉呀！」

克烈得道桂不甘示弱：「喂！你的耳環哪裡去了？怎麼樣？敢不敢跟我比劃？死老禿驢！」

達日阿赤回頂：「哼！找死不怕沒鬼當！你給我滾到一邊去，等一下我再來收拾你！」

老么想用言語激怒對手，但達日阿赤僅僅只是惡言相向，並沒有上當。

「算了！老么謝謝你，就讓我來迎戰吧！」劉離抱拳感謝么弟克烈得道桂的好意。

「軍爺不可以的！我不准！」烏娜在一旁急得跳腳，希望能阻止他做無謂的犧牲，她認為這一次沒有像上次那麼幸運了。但劉離不聽勸，毅然地向前跨步，準備與武僧達日阿赤決一勝負。

致命一擊　誰佔上風？

劉離：「請問國師？如果我輸了呢？你要如何處置？有何條件？」

國師故做瀟灑：「不用了，或許饒你一命！只要你乖乖地去把遺失的東西找回來，讓這艘戰艦回到戰場，打一場漂亮的勝仗，完成主子的使命，如此而已！嘿嘿，不然就是繼續困鎖在這裡罷了。」

劉離：「國師你還是死了這條心吧！這一趟打得是敗仗，接著下一場也是敗仗，輸得更慘，我已經把這段歷史的大略經過與結局，告訴過總管了！」

劉離面對大夥，很艱難地述說著一則大家都不可能聽得懂也無從理解的歷史故事，總管思量了一會兒後，接著就幫腔說：「國師！他們兩人一定要對決嗎？你不過是想扳回一點顏面，施展拖延之計而已！」

總管刻意拆穿他：「國師！你和三王爺以逸代勞的陰謀我很清楚，我們都中了計喝下你的毒酒，這場仗不論輸贏，整個軍隊都難逃一死的！不是嗎？」

說到這裡，引起大夥一陣驚恐與騷動不安。雖然在國師的挾持之下，王子岱欽依舊關切起整個事件的始末，質問說：「國師，你們的手段未免太毒辣了吧，好大的膽子！我對你也不薄呀！總管！劉將軍！你們的意思是說，這場仗全是在為我三哥打的對吧！」

總管和劉離無奈地點頭默認，這下子國師笑得更狂妄了，他說：「哈！王子殿下果然聰明過人，一點就通，不妨就明白告訴你吧！我的主子就是要等著收漁翁之利，不過這也未必不是一件好事呀！最終你們也都能夠破解聖上所下的詛咒，不是嗎？哈哈哈！」

「回王子殿下的話，不過，還有一絲希望！只要我們能夠拿到解藥或許就能扭轉頹勢，請殿下寬心。」總管這一帖安慰劑說得有些心虛，不過多少能安撫軍心。

國師：「解藥？哈！談何容易！達日阿赤！交給你啦！」

國師話剛落下，達日阿赤的三叉戟已經戳至，劉離閃避不及，左肩被削破，血濺四射，塔青烏娜見狀差點暈厥，大哥達格瓦摩羅急欲制止：「達日阿赤你這個王八羔子，不是說好徒手搏擊的嗎？為何還手持兵刃呀？」

達日阿赤耍賴：「你耳背啦！我何時說過了？老酒鬼！你痴呆啦！」

劉離手忙腳亂地抽出腰際的小彎刀，才剛過第三招，一不留心手軟腳滑，小彎刀被拍掉擊落在地，空手的劉離只能抱頭鼠竄，繞著對手猛打圈子。

「劉七老弟！接著！」

大胖子四哥伊日畢思優婆拋出手中的追魂戟給手無寸鐵的劉離，追魂戟在空中劃著圈子，還沒到手就又被達日阿赤伸手攔下。

「這個三節棍給你使用！接好啦！」

擅長八卦棍法的蘇日勒和剋多藏也從背脊處忙著抽出三節棍，丟給臉色鐵青的劉離防身，由於拋接的力道太猛丟過了頭，劉離張開雙手應接不及，達日阿赤騰空躍起一記彈腿飛踢，踹中劉離腰際，劉離飛撞到大廳前面厚重的圓頂大門，他被這位武林高手的瞬間強勁力道震得是當場吐血。

頭冒金星的劉七，三兩下就被摺倒，筋疲力盡的他幾乎已經無力再戰；耳朵潰爛的達日阿赤為了報一箭之仇當然不會就此罷手，他抓起劉離的身子用力丟向木門，撞擊力道之大，竟然把黏在門框格子上、二十尺長的觀音竹節棍都震開，掉在地上時又縮短為一尺長的棍子，門板上的綠色回鶻咒文也在一閃後瞬間消失。

接著他用三叉戟的把手連續捶擊劉離的頭部，瘋狂地死命攻擊，站在一旁的總管與烏娜近乎求饒似的嘶喊：「好了！住手！你會把他打死的！達日阿赤！你瘋啦！快住手！」

奄奄一息的劉離瞧見在門檻的陰暗角落邊有一頂他睽違許久，以為已經被蟾蜍吞噬掉的安全帽，他用僅存的一口氣抓起安全帽，傾全力敲擊對手的腦袋。達日阿赤沒有料到他會來這一招，一時愣住，劉離再度攻擊時，達日阿赤因閃避不急而失去重心倒臥在地。

劉離使盡吃奶的力氣跪了起來，抓住難得的機會回擊。

就因為劉離再度反敗為勝，引起圍觀兄弟們一陣歡呼聲。

「不要鬆手！繼續攻擊！給他死！」

「對了，就是這樣！繼續打，把他的腦袋敲破！」

「七哥！把他的武器敲掉！」

安全帽忽然失去準頭，重重的敲打在地上，因為他用力過猛安全帽被彈飛開，劉離的最後一記攻擊居然被達日阿赤躲開，達日阿赤又再度飛撲過來，將他按壓在地。達日阿赤跨坐在劉離的身上，他左手用力掐著劉離的脖子，右手抓著三叉戟頂著劉離的左肩胛，令劉離的身體動彈不得。

劉離的雙手拼命往旁邊亂抓一通，好不容易被他摸到竹節棍子，手無寸鐵的他只能用棍子用力戳對手的肚子。此舉，弄得達日阿赤哭笑不得，他只是靜待國師的生死裁決。

全場鴉雀無聲，現在換武僧們得意地向御前將軍們示威，國師不急不徐地依然挾持著王子岱欽，他就是要享受這一刻勝利的滋味。即便他的奪權陰謀被揭發，埋伏猛獸的策略也被破解，手上可用的籌碼剩沒多少，但如今仍是勝了。

國師得意著：「你們輸了！輸得非常澈底，現在就由你們決定自己的命運。劉將軍一死，遺失的東西找不回來，所有的希望都沒了，我們必須繼續接受詛咒的折磨；還是說留他一條狗命，去把東西找回來，然後你們全都乖乖的到戰場上幫三王爺打一場勝仗，不過最後還是難逃一死！嗯，如何呀？哈哈哈！」

無人敢答腔替他作出選擇，達日阿赤的三叉戟正逐步往劉離左肩胛錐刺，鮮血泊泊直流，劉離痛得哇哇大叫，塔青烏娜淚涔涔地看在眼裡，更是椎心刺骨。劉離痛得數度暈厥過去，他的腦門潛意識地閃現數道白色光影，他分辨不出那是什麼東西，是死神還是黑白無常過來接手了嗎？

白色光影越來越明顯，咦？是福德爺回來救他了嗎？不對！是個光頭和尚，你到底是誰呢？他回憶起福德爺道別時曾經留下的一句話：「觀音竹節棍將護佑你到菩薩現身！」

「是菩薩！你是菩薩！菩薩救命呀！」劉離痛到大叫一聲，觀音竹節棍聞聲又由一尺長變為二十尺的細長發光體，瞬間由達日阿赤的腹部下面穿透過去，鮮血由他的背部流竄下來，讓他當場氣絕身亡。

渾身傷痕纍纍的劉離推開達日阿赤，費力地讓自己站了起來，他手上的觀音竹節棍又變回一尺長的棍子。烏娜喜極而泣地奔跑過來，一把抱住劉離，兄弟們也都鬆了一口氣。旁邊的武僧們卻是一臉頹喪地縮到國師身旁。

「國師！你輸了！快放了王子殿下，請依約交出解藥！」

崑崙總管與大將軍達格瓦摩羅，異口同聲地要國師履行承諾，不過狡猾的國師霍疾懾布尊法王手上還有一張王牌，應該不會束手就範的。

國師：「當然可以！交出你手上的棍子我就放人！怎樣？如何？」

總管急忙阻止：「劉將軍！不要聽他的！國師又再耍陰的。國師，你這個死混帳老妖！你還是不肯放手？」

總管破口大罵，雙方僵持不下。最後劉離還是無奈地把他手中的棍子遞交給武僧，國師一得手後就將棍子插在腰際。接著，出人意料地，國師突然把王子殿下按壓在地上，右腳踹著脖子再用尖刀抵住王子的頭，大夥看到王子殿下受盡汙辱，無不嚎啕大哭。

此時，劉離背後的圓頂厚重扇型門緩緩開啟，他聞到一股令人作嘔的腥臭味吹了進來，腹背受敵的劉離不動聲色地推開烏娜，大廳上頭垂掛的兩串橄欖形紅燈籠被風吹得嘎嘎作響，國師得意的說：「去死吧！笨蛋！」

「咕嚕！咕嚕！咕嚕！刺！」外頭傳來似曾相識的聲響。

眾人齊呼：「劉七！小心後面！」

在他身後伺機而動的盤舌三足蟾蜍，牠的一截長舌頭以迅雷不急掩耳的速度彈射而出，機伶的劉離聽到第三聲「咕嚕！」時立刻雙腿一軟倒在地上，碗口般大的濕黏舌端剛好穿過劉離的上頭，不偏不倚地直接就打到國師的胸口，國師哀叫了一聲被捲了過去，就在他飛越過劉離的上方時，劉離順勢從國師的腰間搶回他的觀音竹節棍。

蟾蜍的肚子最終成了國師霍疾懾布尊法王的葬身之地。

解藥在何方？

王子岱欽端坐在大廳的椅子上，御前將軍們分列兩旁，塔青烏娜與崑崙總管則是隨侍在後。

王子不捨地說：「劉將軍，真是委屈你了，讓你又傷得那麼重！這一次若不是你與總管父女倆鍥而不捨地挖掘真相，後果真是不敢想像。國師已經死亡，終於除掉心頭大患，但他又是解藥藏匿處的唯一線索，你說這下子該怎麼辦？」

劉離：「回殿下的話，這是末將應該做的，不值得掛齒。有關解藥的事，我再與總管父女想辦法尋找其他的線索，請寬心。」

總管：「稟報殿下，劉將軍說得是。現在又回到了原點，我看我們還是從錫罐上的指令密文重新推敲起。」

雖然「金銀花解」是個關鍵字謎，金銀花確實也是解毒的其中一種藥草，但解藥是否就是金銀花？或許另有其他解釋，涉獵過中藥的總管現在也完全搞混了，他也沒有多大的把握。聰慧的塔青烏娜也真是不給總管老爸留點面子，自個一人就兀自發表起長篇大論。

烏娜：「真的就是金銀花嗎？各位大哥仔細想想！現在船上有上千個人中毒，所以找出來的藥材量也要夠大家吃呀！對不對？」

烏娜接著說：「請問各位大哥，你們哪位有印象，在這艘船上或是在哪個地方看見過一大堆的中藥材呢？」

現場的每一位都搖搖頭，面面相覷，排行第五的智多星博日格德夜多將軍，也在努力思索著，他說：「船上是有儲存一些急需的外敷內用中藥材，不過不可能有哪一種藥材用量能同時給那麼多人使用，崑崙總管曾經在漢人的藥舖待過，也是唯一懂得醫藥的郎中，現在我們的唯一希望當然就是總管了！不是嗎？總管大人！」

總管搔搔頭：「印象中，我在船上是沒有見過金銀花的藥材，欸！真是讓人傷腦筋。」

王子岱欽因為不想讓崑崙總管為難，便轉移了話題道：「我說，劉離將軍！」

劉離：「末將在！」

王子：「除了要儘快找到解毒藥方之外，眼前最重要的一件事，就是積極尋回失落的寶物，若按照菩薩的指示，時間已經不多了。我知道你身受重傷，但你是唯一能夠自由進出這座城堡，而不會被『時間之火』燒傷的人選，現在整個艦隊只能靠你了，劉將軍！」

劉離：「回殿下的話，『時間之火』這件事，總管曾經跟我解說過，但我還是聽不懂您剛剛說的什麼『時間已經不多了』這句話？還有『失落的寶物』到底又是哪些東西？我怎麼一點概念都沒有，您要我從何找起啊？」

王子嘆口氣：「我們還剩下五個日子，至於其他的事你就請教崑崙總管，天又快要亮了，這一夜還真是漫長呀！」

身心俱疲、內外交迫的劉離，心中壓力之大真是難以承受，解藥的問題還沒解決，現在還要負起尋物之重責大任，外頭還有盤舌三足蟾蜍等怪獸橫梗在其中，隨時會要他的命，尋找『失落的寶物』這條路途更加困難重重；就算是將寶物找回來，再把大夥送回戰場上完成聖上的諭令，順利解除魔咒，但是沒有解藥就算打贏這場仗還不是死路一條，真的就沒有兩全其美的做法嗎？想到這裡就讓劉離心灰意冷。

歷史？為何不能改變歷史，重寫歷史呢？二十一世紀的羅貴旺已經又回到十三世紀的劉離身分，這是一個大好機會呀！對了！我要改寫歷史，歷史一但被改寫，時空當然就會被扭轉，我與塔青烏娜就能長相廝守，不再活生生地被拆散分隔兩地。這個念頭在劉離的腦海裡閃現，成為更加深他突破難關的堅定信念。

劉離摸著腰際的觀音竹節棍，想起了菩薩！一直到今天他都沒有見過菩薩本尊，祢到底是何方神聖？為何沒有人說得準？對了，福德爺呢？祢人在何方？在我最需要祢的時候，祢又神隱不見，放任我一人孤獨面對一切，還是說要我接受命運的安排，克服一連串的試煉和考驗？

事有輕重緩急，既然王子說關鍵的時間點就要到了，劉離決定先到外面去找回他們口中所謂的寶物，至於解藥的事，回頭再說吧！他頭頂安全帽，拎著鞋子，再用羊皮囊裝進簡單的飲水與食物就踏出城堡大門的門檻。

劉離前腳一踏出大門外，眨眼之間又變回羅貴旺的身分，矮小佝僂的身軀，形單影隻的孤獨一人，悶著頭在遼闊的荒野中尋找傳說中的寶物。所有看得到的峭壁洞窟與河川溝渠他都探尋了一次，陽光越來越毒辣，他是越走越慌張。

羅貴旺：「不行！不能夠這樣子尋找，這樣子太浪費時間了，簡直是大海撈針，走得腳都磨出了水泡啦。」

大海撈針

羅貴旺：「總要有個方向才是，冷靜下來先想想看，嗯！要有邏輯觀念，應該把範圍縮小才是。等一等！艦隊是去攻打筑前國，日本筑前國在高麗國合浦港的東邊方向，遇到風暴是在日本領海，所以東西一定是掉在大海裡。大海撈針？對了！一定就是在海裡沒有錯！可是，那一天在城堡後方看到的是一抹斜陽，那不就是太陽要下山了！不對！那是西邊。可是日本在東邊呀？怎麼辦？方向全都反了？王子的這艘船艦居然是被甩到西邊的懸崖峭壁內？」

羅貴旺取下安全帽拭去汗水，坐在岩石上思索著，他絞盡腦汁，想得腦袋都要爆掉了。

羅貴旺：「天哪！全都在西邊，我一直都在錯誤的方向找，但是東邊有海洋嗎？

在哪裡？」

他起身一路往東邊奔跑，時間飛逝，天際又漸漸地變暗，他一方面必須抓住分秒逝去的光陰，一方面又怕受到野獸的攻擊，顧不得兩腿的酸痛，就算是磨破了皮也要繼續向前奔馳。

阿旺趁著天黑之前，趕緊找到一處可暫時棲身、躲避野獸攻擊的洞穴。他把伸展開來、發出光芒的竹節棍擺在洞口，洞內牆壁也抹上一層綠色螢光。晚間下了一場大雨，日夜溫差極大，由於地面潮濕，他無柴火可生，氣溫驟降令他冷得直打哆嗦，阿旺從羊皮行囊內取出羊腿與窩窩頭果腹。

雨勢稍歇，野獸出來覓食，野外獸群互相獵食的囂叫聲此起彼落，阿旺手中緊握小彎刀，一整晚時而驚醒，幾乎無法入眠。晨曦射入洞內，阿旺起了個大早，背起行囊面對太陽升起之地平線，繼續未完的旅程。

阿旺終於走到東邊的海岸線，看到一望無際的蔚藍大海，他終於搞懂了，原來他們是被困在一個不知名的島嶼下。還好阿旺略諳水性，在椰子樹蔭底下，他卸下羊皮行囊，脫掉上衣與鞋子，安全帽又再度派上用場，他在裡面塞滿石頭，用來增加他潛到水中的速度，然後又拉了一根長長的苧麻繩子維繫在兩者之間。

阿旺站在海岸邊，把竹節棍塞在他的褲腰帶內，左手抓著刀子，吸了一口氣，縱身就往海中跳，沉甸甸的安全帽果然很快就將他拉向海底，他只稍鬆開右手繩圈，一轉眼就浮出水面。阿旺多次在海中的各式船隻殘骸內翻找各種類似箱子的物品，但是令人沮喪的，除了四處優游的魚群和珊瑚海葵之外，別無他物。

他轉換了幾個點，又再度躍入水中嘗試數次，結果換來的只是當空艷陽，使他的皮膚嚴重曬傷。他簡直累壞了，阿旺躲到椰子樹蔭下，用刀子剖開椰子止渴，刮出椰子肉，塗抹在紅腫的皮膚上當成天然面膜。

年近花甲的羅貴旺，此時已經到了體力透支、筋疲力竭的地步，他眼見天又快黑了，決定趁著夕陽餘暉，再潛一次水就收工。不過當他拋下裝滿石塊的安全帽再度下水時，就瞧見有一條類似海豚、身長五十公尺的魚蛟龍在他的身旁繞圈子，阿旺不疑有他地繼續在海中搜尋翻找。

漁翁得利

當魚蛟龍佈滿麟甲的粗壯尾巴拍到阿旺的身體時，他就已經驚覺到不對勁了，阿旺抖動手中的繩索，讓安全帽內的石塊掉出來，慌張地游向岸上。魚蛟龍急速衝過來，張開血盆大口，猛然對他採取獵食攻擊，阿旺揮舞著手中的小彎刀刺向魚蛟龍，試圖逼退牠，但是刀子根本就戳不進牠盔甲般的鱗片。

蛟龍彈出一整排的猙獰獠牙，恰好咬到阿旺用繩索拖行在後頭的安全帽，帽子轉眼間就被吞下肚不見蹤影。蛟龍對阿旺作出第二波攻勢，牠躍上水面數尺之高然後再向下俯衝，機伶的阿旺向下潛入更深處的船隻殘骸內躲避牠的攻擊。

蛟龍無視於前方的障礙物，牠一頭就撞碎了腐爛多時的脆弱船殼，埋在船隻下方的各式各樣物品隨之飄散開來。阿旺瞧見裡頭有一口精緻外觀的大箱子，跟隨著砂礫被翻了出來重見天日。

阿旺趁著海水被汙濁的砂土整片暈開來擋住牠的視線時，以此當掩護，偷偷地躲在牠的尾鰭後方逃之夭夭。幸運的阿旺逃過一劫，他橫躺在海邊沙灘上氣喘吁吁地無法動彈。徐徐的夜風吹動椰子樹梢，閃爍的星辰與皎潔的月亮在搖曳的樹梢中穿梭著，阿旺的體力漸漸地恢復，小彎刀與斷了一截的繩子掉落在他的身旁，還好竹節棍依舊插在他的腰帶內。

他起身斜靠著椰子樹幹，靜靜地望著波光粼粼的湛藍海面，自言自語道：「真是有夠倒楣，就連海裡面都有妖怪！這隻海妖好像是我上次在懸崖上眺望時，看到的那一條像海豚的大魚！不是嗎？」

阿旺：「這下子該怎麼辦？沒轍了！烏娜、總管，不是我無能，我是真的要放棄了！我好累喲！王子殿下，各位兄弟，對不起，讓你們失望！」

阿旺：「奇怪了？剛才被海妖攻擊的時候，為何這根竹節棍一點反應都沒有？難道說菩薩、福德爺都撒手不管我了？」

飢腸轆轆的阿旺把羊皮囊內的東西全都倒出來，裡頭還有些吃剩的羊腿與窩窩頭可以充飢。他啃食著窩窩頭時，突發奇想地把繩索繫上小彎刀然後再勾在羊腿骨肉裡面，最後再把繩索的另一端綁在最靠近海邊較細小的椰子樹幹上。阿旺將羊腿丟到海水裡頭，其他的事就交給時間了。

阿旺頭枕羊皮囊，幾片椰子樹葉裹著身體，躺在沙灘上的凹洞內，將就著入睡，稍適休息一下。正當阿旺睡的正酣時，他被一股熟悉的腥臭味驚醒，他知道老友盤舌三足蟾蜍正在步步逼近，他嚇得整個人縮在樹葉下方，不敢妄動。同時間，海中的魚蛟龍也適時地吞下羊腿誘餌上了鈎，龐大的身軀在海岸邊掙扎攪動想要逃脫，椰子樹幹有如釣桿般上下急劇抖動，海面激起陣陣的浪花，由於小彎刀直入咽喉，魚蛟龍受到重創口吐鮮血。

「咕嚕！咕嚕！咕嚕！剌！」

蟾蜍群如獲至寶似地趁機蜂擁而上，貪婪地吞噬擱淺在沙灘上的魚蛟龍，魚體部分被扯斷的蛟龍尾部掉回海底，椰子樹幹無法承受如此巨大的拉扯應聲斷裂。阿旺躲在一旁，等到蟾蜍群全數退散後才敢探頭出來，沒有想到他的宿敵竟然幫了他一個大忙，除掉了海中一害。

太陽跳出海平面，耀眼的光芒從雲層裡穿透出來，璀璨奪目，海灘恢復了靜謐與祥和，他眺望著大海，回想著昨天傍晚時，在海底目睹到一只的大箱子，雖然上面附著了一大片的藤壺，但是還不難看出它的恢弘氣度，應該是專屬於宮廷使用的箱子。

但是經過了一個晚上的血腥廝殺，阿旺已經無法指出確切的位置，到底是在哪一個浪頭下？他也沒有再多的精力能作無謂的搜尋了，沾滿蛟龍血漬的麻繩和小彎刀隨著一波波的碎浪拍打上岸。

阿旺：「今天是第三天了！再不想想辦法，我看是會來不及趕回去與艦隊會合。海裡面是否還有其他的蛟龍呢？三足蟾蜍若是再來一次，我可沒轍。福德爺！拜託祢！菩薩能否顯顯靈幫忙指點一下，箱子到底在哪個位置呢？」

阿旺取出腰帶裡的觀音竹節棍，大聲喊出請求神祇幫忙，然後就用力拋向大海，只見竹節棍就如一般普通的棍子，在海面上隨著波浪上下漂動，不見任何跡象。他失望地躺在樹蔭下，閉上眼睛，耳邊只有單調的潮浪沖刷沙灘的聲音，潔白的雲朵正在蔚藍的伸展台上作印象派的變幻走秀，幾個時辰過去了，就在阿旺想要放棄時，忽然一道綠色光束由海底直衝雲霄，浮在海面上的竹節棍也變成一根閃爍的發光體。

「有了！找到了！菩薩終於顯靈了！」

他抓起地上的麻繩和小彎刀，跨坐在一節斷了的椰子樹幹上朝著綠色光束划去，還好離岸邊不遠，他潛入海底用麻繩在箱子的釦環上面打了一個死結。阿旺在海中邊游邊拖著這只沉甸甸的箱子，氣喘如牛，搞了半天才移動不到百尺距離，他把繩子的另一頭綁在樹幹上，然後游回岸邊再作定奪。

阿旺想再如法泡製一次，他撿起掉在海中的碩大蛟龍尾鰭，再用刀子用力地穿刺過去，最後再把它擺在沙灘上等待三足蟾蜍上勾，阿旺躲回沙灘上的凹洞內，用樹葉蓋在身上。果然一入夜，蟾蜍食髓知味的再次出現。

「咕嚕！咕嚕！咕嚕！刺！」

三足蟾蜍毫不猶豫地將獵物吞下肚，這一吞不得了了，蟾蜍痛得往後逃竄，牠飛奔的巨大力道硬是把沉在海中的大箱子扯向岸邊；阿旺不敢探頭，他只靜靜躲在凹洞裡頭，不敢輕舉妄動。

等到風平浪靜之後，阿旺爬了出來，發現蟾蜍已不見蹤影，只剩下被撞斷的椰子樹幹與卡在岩石旁邊的箱子，蓋子被掀了開來，裡頭有四樣東西散落一地——一塊六尺見方切割精細的綠色石碑，上頭用回鶻古文刻了四個大字；一根黃金鋤頭；一個袋子內裝有十二顆種子；最後是一罐裝滿液體的瓶子。阿旺看傻眼了，這些就是他們口中的寶物嗎？

阿旺落寞地看著眼前的一堆寶物說：「不對呀！怎麼只有四樣呢？不是說一共有五樣東西遺失呢？哎呀！總管怎麼老是交待得不清不楚的。好啦，這下子可好了，接著下來要如何處裡呢？」

近在咫尺

一方面身旁已經沒有多餘的糧食了，另一方面是他沒有辦法也沒有多餘的時間扛著大箱子橫越這座島嶼，羅貴旺決定走水路回到島嶼的另一頭。他爬到樹上砍下大量的一叢叢椰子果實，然後再撿拾一些漂流木，阿旺用繩索把它們綑綁組合在一起，變成一艘簡易的筏子，最後再把箱子擺到筏子上面。阿旺把竹節棍插在衣帶內，跨坐在箱子上頭，用斷裂的一截椰子樹幹當成槳，頂著艷陽，沿著海岸，順著洋流一路辛苦地划向西方，口渴了就用小彎刀剖開椰子止渴。

剛好第五天，很幸運地，他趕在夜幕低垂前抵達島嶼西岸，他老遠就可以瞧見戰艦被禁錮的懸崖峭壁與高聳的古堡。被海浪折磨得不成人形的阿旺，趴在大箱子上儼然已失去知覺，大哥達格瓦摩羅與二哥孛日帖風鈸脫下身上的盔甲，一起跳下停泊在洞穴內的筏子上面，其他的船員則協同拋下船側的攀繩，兄弟兩人合力將既憔悴又失溫的阿旺抬上戰艦的甲板上。

經過一番搶救與塔青烏娜用犛牛奶細心的呵護餵食，換過乾淨窄袖長袍後的阿旺漸漸地甦醒，同時間他又變回前世年輕時的慕容劉離。

五哥智多星博日格德夜多蹲在他的身旁，開起了劉離的玩笑說：「唷！我就說老七呀，你的命還真是夠硬耶！箱子還真是給你找到了！」

老八取笑道：「我們還以為你被哪一位姑娘拐走了，樂不思蜀，不想回來哩！丟下咱不管啦？」

站在一旁的老八雲謝飛缽也要起了嘴皮子調侃劉離，烏娜嘟著嘴嬌嗔著說：「雲謝哥！你不要這樣子說他啦！劉離哥已經夠辛苦、夠可憐了！」

么弟帥哥克烈得道桂過來扶他站起身來，王子岱欽端坐在龍椅上，崑崙總管隨侍在一旁。

王子龍心大悅下令：「來人呀！給劉將軍賜座！各位將軍們不要再逗弄自己的兄

弟了，他可是立了一件大功勞。如果沒有劉將軍這樣子為我們出生入死地找回遺失的箱子，我們還要在這裡繼續痛苦地煎熬折磨。今天更要感謝和尚菩薩與福德爺背後的鼎力協助，我們已經可以回到戰場，繼續為大元朝效命。總管！各位將軍！好兄弟們準備出發！菩薩說到時候要送我們一程。」

劉離聞言嚇了一大跳，他不顧自己身上多處的傷痛站了起來，質疑說：「王子殿下請稍後，解藥找到了嗎？還有箱子裡面只有四樣東西，好像還少了一樣，這樣子算是湊齊全了嗎？詛咒可以破解了嗎？」

總管走了過來，示意他不要激動，要他坐下多休息，免得傷了元氣，他說：「劉將軍，自從你離開這裡之後，我們曾搜遍全船還是沒有找到數量足夠的解藥，至於寶物四樣就夠了，和尚是這麼提點指示的，祂說第五樣元素到時候自然會出現。」

總管當場掀開迷樣般的箱子，拿出當中的幾樣東西逐項解說：「這十二顆山桃種子，每年四月都會開花結果，它代表的是『木』元素，聖上希望打勝仗後將這些種子播種在日本，讓我們的子孫世代都能夠吃得到屬於自己的食物；這根用黃金打造的鋤頭代表『金』元素，它的用處各位應該知曉。」

總管：「這一罐裡頭裝的是什麼東西，各位將軍應該都知道，劉將軍可能忘記了，因為你們是歃血為盟的兄弟，這裡頭裝的是你們十二位的血液，它代表的是『水』的元素。」

三哥獨眼龍阿拉格力風與大胖子四哥伊日畢思優婆走過來，合力幫總管把箱子裡頭的綠色大石碑取出放在地板上。

總管指著跟前的石碑說：「劉將軍，這上面用回鶻古文刻了四個大字，你可能看不太懂，它刻的是『大哉乾元』，這塊石頭是用頂級的綠松石切割完成，它代表的是『土』元素，佔領東瀛後我們要在當地立碑，表示大元帝國正式統一地與海盡頭的廣大疆土，也是大汗最後的遺願。」

三哥與四哥再把綠色石碑放回箱子裡頭，總管走過來拍拍劉離的肩膀說：「至於第五樣元素嘛，佛曰不可說！但是和尚菩薩曾暗示說，在於意念，有了意念，五種元素合體後，詛咒自然會迎刃而解，劉將軍請寬心。」

又是和尚菩薩！怎麼老是不現身，從來沒有見過祂的本尊，劉離很想跟祂照個面把話說個清楚。此時王子妃在女侍的攙扶下，笑盈盈地走了過來關切劉離近況：「劉將軍你無恙否？咱都很擔心你的安危？沒事就好，上蒼保佑！上蒼保佑！」

劉離一見到王子妃，好像是中了邪似的瞠目結舌，他直指著王子妃頭頂上高二尺的罟罟冠說：「金銀花？你們看是金銀花！」

劉離一個箭步衝了過去，十弟百步穿楊飛刀手阿日斯蘭惠馱與十一弟銅筋鐵骨蘇日勒和克多藏，怕意識不清的劉七哥傷著王子妃，趕緊一把抓住他的胳臂。

劉離佩服地說：「烏娜姑娘說的沒有錯，『不是在男人的身上，就是在女人的身上』，哎呀！我的天哪，烏娜姑娘妳真的是天才！」

劉離口中振振有辭，塔青烏娜哪裡還記得她曾說過這句話，不過她倒是想起了一句話：「劉離哥，我不記得啦，不過我是曾經說過『解藥一定是金銀花嗎？』這句話！」

劉離：「啊哈！這才是妳的厲害之處，妳全都說中了！解藥的方子全在王子妃頭上的罟罟冠。」

「劉七你發燒了？你瘋啦！不得無的放矢，快退下！不得無禮！」

周遭的皇親國戚全都愣住了，血滴子六哥哈日查蓋曇晟挺身擋在他的前方，深怕王子降罪，不過王子非但沒有怪罪下來，他還覺得蠻有趣的。

他指著王子妃頭頂上的罟罟冠，好奇地問說：「什麼金銀花？喔，你說的是這個嗎？哈，這不過只是女人的頭飾罷了，我說愛妃啊，這一對金銀花是誰送給妳的？我怎麼不記得你有這對銀飾品？」

一開始王子妃並沒有把這件再平凡不過的事放在心上，不過她回想著說：「回殿下的話！臣妾在這艘船啟程之前確實有收到這份禮物，這對金銀花是三王妃託人兼程送過來的，說是給我們倆人的平安祈福之禮，我當時也不疑有他地收下了，請殿下恕罪，臣妾未曾稟報。」

王子岱欽伸手示意並無怪罪之意，崑崙總管聯想起一件事，說：「果然不出我所料，三王子妃正是法王霍疾懾布尊國師的姪女，他們到底是有姻親的這一層關係，國師把最關鍵的東西放在最不為人起疑之處，真是厲害呀！能否請王子妃取下金銀花給老夫瞧瞧？」

身旁女侍從罟罟冠上頭取下這對金銀花遞給了總管，他翻轉金銀花銀飾正反兩面，端詳了一番後竟啞然失笑。

總管說：「劉將軍啊！女兒呀！你們全都說對了！『解』藥真的是寫在上面，『解』字拆開來就是牛角不是嗎？所以解毒辦法就是服用切下的牛角磨成粉混合船上僅剩的金銀花，老朽在東漢末年張仲景《金匱玉函要略方論》的「中毒救死方」裡面，曾經涉獵過有關犀牛角的退熱解毒功效，犛牛角的功效比起犀牛角當然稍有遜色，但不管如何，咱們不妨拿來試試看！我們船上就有上千頭的犛牛，數量當然足夠給所有的軍士們服用，真是可喜可賀啊！太好了！各位兄弟們終於有救了！」

這句話鼓舞了軍心，群起鼓掌，一陣歡呼歡聲雷動，烏娜跑過來抱住劉離。

「劉離哥！這下子我們不會死了，對不對？打贏勝仗到了日本後，我們即將開創新的人生，對不對？」

劉離不置可否也不知道如何回答，因為歷史故事告訴他，這次的仗不只是輸，而且會死傷慘重，輸在不可抗拒的天災。劉離突然轉個念頭，既然知道會遇上颶風，又為何不能改變戰法？或許能改寫歷史呢？

他摟緊懷中的烏娜說：「烏娜姑娘妳放心好了，我們不會有事的，打贏勝仗後，到了那邊我第一件要做的事，妳知道是什麼嗎？那就是我要擁有大量的土地來種五穀雜糧與葡萄，妳知道我要做啥用嗎？」

烏娜姑娘搖搖頭，此時總管與其他的軍爺們全都好奇地圍了過來。

劉離又在胡思亂想地說：「我要在那裡開全國最大的連鎖居酒屋，還有我要當起酒店大亨，炒地皮做房地產的首富，當然賭場是一定要有的。」

大夥圍著劉離，聽他天馬行空講得是天花亂墜，說的全都是沒有人聽得懂的現代專有名詞，劉離突然想起了一件事。

他說：「不對呀！不是還少了一樣『火』的元素嗎？我要趕緊出發去東岸再找一遍，對了！日期能不能延後，不然就要功虧一簣了，對不對？總管大人！」

劉離無厘頭地喃喃自語，崑崙總管走了過來，又拍了一下他的肩膀說：「算了吧，菩薩說的，將就一點，四樣就足夠了，我們快要出發了，和尚就要來帶我們離開這裡了。各位！」

劉離有些畏縮：「什麼？要出發了？不會吧！日期不是定在十月十五日嗎？時間怎麼會過得如此快呢！總管大人！」

菩薩顯靈　重回戰場

總管提醒他：「劉將軍你還記得嗎？你進來古堡的第一天，我曾用檜木板驗你的血，板子上面當場顯現出回鶻古咒文，當時就已經開始倒數計時了。」

劉離質疑：「不對呀！總管！我記得中元節才剛過而已，怎麼會一下子就到了十月份？就算是已經開始倒數計時，你們怎麼都不提醒我呢？」

「劉離哥，你不覺得每天的晨昏，循環得特別快嗎？天很快又黑了！至於時間的倒數，我們不告訴你，那是因為王子殿下不希望你心頭上的壓力太大。」烏娜姑娘解釋給劉離知曉，總管則在一旁猛點頭。

衛兵：「和尚來了！和尚出現了！在那邊！大夥快點瞧！」

有一位士兵看見船樓內投射出金色萬丈光芒，劉七腰帶裡的觀音竹節棍被吸了過去，一位全身近乎透明，戴著五方佛帽的和尚，隱約地在樓梯口現出祂的神尊，祂左持寶珠，右持一根錫杖，身旁座騎諦聽獨角神獸，神似幫阿旺擋掉劫難的水牛阿德。王子殿下帶領全體將領對地藏王菩薩恭敬地頂禮跪拜。

劉離終於目睹了傳說中的光頭和尚——地藏王菩薩的本尊，原來從一開始菩薩與神獸諦聽就在幫他脫離困境、度過重重難關，他也跟著跪了下來。眨眼間，一套盔甲出現在他的眼前，顯然是菩薩要他穿上，這套皮帶吊掛鎧甲就是劉離上次在船樓內瞧見的那一件無主戰甲。

劉離站了起來脫掉身上的窄袖長袍和褲子，他全身裸露，光溜溜尷尬地站在眾人面前，這是他第二次露出肩胛骨以下一條條暗紅色的淤血印記，最讓圍觀者驚訝的是，他的臀部有一大片紅色的不規則胎記，淤血印記與胎記上下一合，遠觀就更像是一隻大鳥了。

劉將軍用腰帶固定住護甲，胸前也有個大型銅鏡，折有密襉的皮甲下擺，加上腰部有一刀鞘，他把小彎刀插入刀鞘內完成了著裝。帥氣的劉七走了過去與兄弟們肩併肩站在一起。

地藏王菩薩對著御前將軍們淺淺一笑，祂高高地舉起右手那根錫杖，往地上一蹬，鏗鏘有聲，瞬間雷電交加風雲變色，懸崖峭壁上的花崗岩石塊漸漸地鬆動剝落下來，戰艦脫離了七百多年的枷鎖，慢慢地浮了起來。大哥達格瓦摩羅下令兄弟們緊急過來護駕，他們合力團團圍住王子和王子妃，其他的將領與士兵也都得令，全數立即回歸到自己的戰鬥崗位上。

超級戰艦做出逆時間的大迴旋，黑色漩風越滾越大，籠罩著整艘船艦。

烏娜呼救：「劉離哥！快點救我，父親快要被甩出去了，快點！我們就快要撐不住了！」

劉離和么弟克烈得道桂同時伸出手，用力地將塔青烏娜與崑崙總管兩人一把拉進護駕的圈子裡。海岸邊陡峭的千仞斷崖裂縫迅速擴大，最後崩出了一個大洞，暗黑幽靈無情地掐住船艦，硬是不肯鬆手，欲置之於死地。

劉離感到一陣暈眩：「我不行了！我會暈船！我好難過喲！快要吐了！我還是留下來好了！」

劉離受不了這離心力，難過得呼天搶地，詭異的是，離心力越大漩渦核心就越是掐得更緊，讓眾人快要無法呼吸，就在這危急存亡之秋，漩渦的中心點，點燃了一道紅色光點，兩股不相上下的力道使得整艘船，上下抖個不停，有如遇到強震般地左右激烈晃動。

紅色光圈漸漸沸騰、擴大到極致時，又見地藏王菩薩持右手那根錫杖往地板上重重地再蹾一次。耀眼的金黃色萬丈光芒應聲噴射四散，暫時逼退了煉獄的惡靈魔掌，奮力驅散開死神的絕命攻擊。

但是一縷縷黑色濃霧很快又在原地凝聚成漏斗形黑洞，就在錫杖敲出第三道錘擊時，隨著魔陣的崩潰，戰艦終於衝出黑色魔障，迎向日本的領海。

遠征軍抵達肥前國沿海時，前方元軍艦隊經過一番的激戰後，已經先後順利奪下對馬和壹岐雙島，日方守軍左衛門尉平經高遇到元軍鐵炮，日軍不敵次日城破。元軍三百艘船隻重新整軍準備奪下肥前國，日方守軍松浦黨也派出數百艘插滿戰旗的大小帆船出海應戰。

火龍彈　黑坦克　藏獒狼　霹靂炮

「火龍」全數從甲板上陸續被拆卸下來，擺置到船隻兩側完成備戰狀態，只等一聲令下。兩軍的鐵炮互相回擊對仗，勢均力敵不相上下。十弟阿日斯蘭惠馱將軍執掌「火龍」飛彈發射的軍令，他的雙手忙著揮舞軍令旗，海上艦隊戰鼓齊鳴，箭在弦上。日本水兵沒有看過這種漂浮在海面上的武器，船隻紛紛停駛不敢再越雷池一步。

鼓聲戛然而止，阿日斯蘭惠馱將軍終於做出點燃火箭的全面攻擊旗令，龍頭與龍尾兩側一共五個引信同時點燃，「火龍」如脫韁野馬帶著刺耳的吱吱尖銳聲響，數千隻火箭尾端噴射出火焰，貼著海平面萬箭齊飛，母火龍腹內的火藥領頭爆炸，眨眼間彈出四尾「小火龍」，如散彈般分散開來，直奔敵方陣營。

日本海軍走避不及撞成一團，眼睜睜看著小飛彈貫穿船殼，火箭腹中的火藥桶爆炸，船隻著火，水兵急忙棄船跳水逃命。殘存的日本海軍艦隊掉頭撤退，惠馱將軍再揮動一次攻擊令旗，第二波的「火龍」飛彈蜂湧而出緊咬著不放，炙熱烈焰染紅了海面，日軍在一片火海中無所遁形，死傷慘重。

鼓點敲出戰鬥的節奏，超級戰艦衝向前去，船頭劈開洶湧的海水，遠征軍開始進逼博多港灣，元軍準備展開登陸戰。日方太宰府派出的第一線指揮藤原經資，率領千名騎兵，驚魂未定地在海邊擺開層層禦敵陣勢，防堵元軍的強行登陸，但由於錯失半途截擊的良機，超級戰艦上的千名元軍精銳部隊，已各個騎駕在犛牛群上頭，在海灘上準備就緒。

濃眉大眼、滿臉刀疤與鬍渣的大哥達格瓦摩羅手持關刀、威風凜凜地帶領御前將軍們，就在部隊前頭一字排開，共十二位，軍士們的每一頭犛牛前面各有一頭藏獒狼做為駕前衝鋒尖兵。

二將軍：「大哥！總管還沒有給我們服下解藥呢？怎麼辦！會不會有負面影響？」鬼頭刀二哥孛日帖風鈸擔心的問大哥。

摩羅輕輕捻著垂在耳邊的長辮子道：「你這個傻瓜！總管是何等智慧呀！他當然是將計就計，現在毒藥在戰士們的體內已經是興奮劑了，有何不可？打起仗來更加有勁，你說是不是啊？哈哈哈！反正也不急！待會兒打贏勝仗後，再服下解藥也不遲呀！」

三將軍笑鬧道：「喲！我說大哥你什麼時候開竅啦？怎麼？諸葛孔明上身囉！嘿嘿嘿！」

大哥笑著回話：「三弟！你皮在癢啦！小心打完這場仗後，我踹你個爛屁股！」

獨眼龍三哥阿拉格力風拍擊手上的雷公錘，笑到不能自已。濱海吹起一道道旋風，細沙夾雜著船隻燒焦後揚起的濃濃黑煙，遼闊沙灘上的狂風把兩軍對峙的一排紅色旗幟吹得是呼呼作響。藏獒狼樂樂虎視眈眈地待在慕容劉離所跨騎的犛牛身邊。

八將軍不耐煩地說：「唉喲，等個屁啊！大哥在等什麼？再等下去對方的老婆都要偷漢子啦！」

四將軍已經坐不住了：「是喔，我的尿好急，剛才應該先撒泡尿才對！我們又是排在最前頭，真是不方便開溜到旁邊解個方便一下。」

滿臉橫肉的大胖子四哥伊日畢思優婆和全身刺青的大光頭老八雲謝飛缽竊竊私語著，智多星五哥博日格德夜多聽到了，不免數落他們一番：「你個死胖子！沒事吃喝那麼多幹嘛！大哥千叮嚀萬交代的，都沒有在聽，小心告你一狀，你要溜去哪兒？來不及了吧！你乾脆就尿在牛隻上頭，部隊根本就不用出手，用你的尿就可以把他們薰死了！」

六將軍嗤之以鼻：「你看他們又在叫陣了，聽說他們習慣是雙方先派出一人，作一對一的先行對仗，真是無聊！老子才不吃你這一套。」

九將軍拍拍胸膛：「假如真的是這樣的話，那讓我先來好了！我已經等了七百多年，等到都長了褥瘡了，六哥你看如何？」

大力金剛腿老九伊德勒進燈自告奮勇向六哥哈日查蓋曇晟提出建言，六哥耍弄著手中的血滴子雙鈸點點頭稱是。

說起單挑，十一弟蘇日勒和剋多藏就有了勁：「哥哥們有事小弟服其勞！我不用出手，我用眼睛瞪就可以把他們嚇得屁滾尿流。」

「不錯嘛！出口成章！你不是沒念過什麼書嗎？是總管教你的囉？」

十將軍：「噓！小聲一點！你們瞧！大哥不高興了，安靜點！太誇張了吧！」

兄弟們在牛背上居然忘情地越聊越大聲，百步穿楊飛刀手阿日斯蘭惠馱出口制止，此時大哥僅是咳了一聲，仍然繼續紋風不動地靜靜坐在犛牛背上。

說時遲，那時快，荒野百道原上的龍捲風停歇了，日軍主攻部隊對空發出急切的鳴笛聲，開始發動攻勢，先頭由一名武士單騎背著戰旗領軍往前衝，一波波的大隊騎兵隨後跟著衝殺。

大哥就是在等日本武士的騎兵部隊按耐不住，引誘對方先行出手，他冷笑一聲露出兩排的黃斑牙，手持關刀用力地向天空刺出，元軍鼓聲大作，殺聲震天，佈陣在部隊後方、長距離的硬弓在一聲令下後同時射出，日軍前鋒第一排騎兵部隊馬匹應聲倒下。

緊接著，弓箭手又收到另一道軍令，他們張滿手上的短矢對準天際瘋狂射出，彈指間成千上萬黑壓壓的弓箭遮雲蔽日，呼嘯地從天而降，泰山壓境之勢令日本武士軍隊死傷慘重，騎兵們心驚膽顫，戰馬裹足不前。

一見機不可失！大哥達格瓦摩羅身先士卒，手提闊刀狂喊一聲率先衝出，龐然大物的犛牛群有如黑色坦克在御前將軍們的帶領之下震聲隆隆、步步進逼，數百隻尖兵藏獒狼從部隊中領先竄出，露出如刀劍般的凜冽獠牙，直取敵方陣營，奔騰速度快似閃電，一但見到馬匹就躍上馬背咬住不放，馬背上的武士一一被拖下來。

「中！」飛刀手阿日斯蘭惠馱不由分說地，先動手飆出四把袖中飛刀，刀刀斃命，前方中刀的武士只能任由馬匹拖行。「鉉！」哈日查蓋曇晟的血滴雙鈸也不甘示弱，雙手交叉扭腰射出，直取敵人首級，血濺馬背。

二十多位日軍武士見部隊被人咬住後面，大勢不妙，急忙掉頭，急欲留下來斷後擋住元軍去路，其中三位武士夾殺獨眼龍阿拉格力風，武士刀揮抵眼前，獨眼龍倒向牛背上閃過致命的一擊，他掄起手中的雷公錘又巧妙地擋掉另外致命的兩刀。獨眼龍使出迴馬槍敲中一人背部，那人當場吐血，克烈得道桂及時趕到，兩人同時下馬，他揮舞鴛鴦雙劍輪番戳擊對仗東洋武士刀。

銅筋鐵骨蘇日勒和剋多藏與大力金剛腿伊德勒進燈兄弟聯手面對四位東洋武士，三節棍和少林月牙刀第一次在異域挑戰截然不同的刀法，刁鑽的武士刀斜劈過來，月牙刀擋拆其招數，對方的兵器較短，伊德勒進燈看出端倪，決定黏著身打，月牙刀做出無敵大車輪翻轉，勾著武士刀，跟著甩動讓對手使不上力，少林月牙刀比較長，一有空隙伊德勒進燈馬上進身戳擊，東洋武士失去重心摔個狗吃屎。

三節棍在蘇日勒和剋多藏的手上出神入化，先行假動作上戳忽又轉為拍下，武士忙著擋切，剋多藏扭腰劈打對手下盤，重創武士腿部，三節棍滾絞斜砍敵方背脊，忽上又下交互攻擊。日本武士在馬背上仗其速度較快屢次衝著他的頭部砍擊，三節棍忽長忽短，蘇日勒和剋多藏讓它在頭上使勁地快速轉圈子，讓對手無隙可乘，冷不防又重創對手腰部。五哥的九環斬馬刀也過來助陣，他由牛背上下翻，專門砍劈武士座駕的馬腳，讓敵人落馬再進行砍殺，此法奏效，殺敵無數。

雙手腕各套了五個碗口粗的銅環，二哥孛日帖風鉞領頭帶著慕容劉離穿梭在敵陣內，劉離手持十一弟借給他的齊眉棍，兩兵相交，才剛碰觸到對手的武士刀就被敵人拍掉手上的棍子。二哥再把鬼頭刀借給了劉七，自己僅用手肘上的五個粗銅環禦敵。劉離在犛牛背上想起水牛阿德為他犧牲的慘狀，藏獒狼樂樂很有靈性地也過來跑在前頭護主。

日軍的陣營隊形被大光頭雲謝飛缽高舉鮮血淋淋的狼牙棒迎面衝撞開來，四哥大胖子騎在犛牛背上興奮地運用追魂戟衝鋒陷陣，他從日軍左邊的側面來回穿梭頂撞數次，敵陣有如保齡球般倒成一片，潰不成軍。

百道原東西兩邊的戰場上，日軍呼天搶地、橫屍遍野，部分僥倖的日軍退回今津與鹿原碉堡內保住一命，城內守軍在城牆邊用弓箭暫時抵擋住元軍的無情攻擊。元軍並未就此鬆手，達格瓦摩羅將軍舉起紅旗傳遞第三道指令後，炮火部隊在後方輪番發射，每一次拋射出三個大如車輪的球形鐵炮，爆炸聲響如霹靂，火光四射，城內房舍倉庫多處燃著熊熊烈火，守軍被燒害者達數百人。

時辰已晚，大哥身旁的傳令兵正在鳴金收兵，就在他下令軍隊當晚回到船上枕戈待旦，準備次日再進攻太宰府水城時。

劉離聞訊急忙阻止：「大哥！萬萬不可回到船上，有可能會遇到颱風的，你忘了我讀過這一段歷史！萬一遇到了，所有的一切都將前功盡棄，請聽我的勸！」

大哥：「好吧！就聽你的，傳令下去！退後五里就地紮營！」大哥達格瓦摩羅半信半疑地望著晴朗無雲的天空與波浪不興的平靜海面。

當晚元軍就在攻略下來的鹿原及鳥飼一帶圈地埋鍋造飯，紅通通的營火與月明星繁的天空相互輝映，元軍圍著營火高興地跳舞慶功，互誇今日的事蹟功勛。

王子面對眼前的將士鼓舞道：「諸位將士們辛苦了！今日大獲全勝，明日我們將乘勝追擊！很快就可以順利地把九州拿下，咱不回去了！我們要留下來繁衍子孫！感謝各位！謝謝！」

軍隊聞言興奮地擊掌高喊萬歲，歡呼聲直竄雲霄，王子岱欽面對整個部隊發表勝利感言，崑崙總管同時隨侍在一旁。劉離整晚一直抬頭觀星望斗，深怕歷史重演，烏娜滿臉喜悅地挽著他的手臂，二哥孛日帖風鈸毫不識相地過來湊熱鬧。

劉離：「如果今天不是二哥出手搭救擋在前頭，我可能已經慘遭不測了！謝謝二哥！」

四哥興奮地說：「我們的傷亡極輕，今天殺得真是過癮，明天還要更痛快！喂，劉七老弟，你說是不是呀！有沒有被嚇得屁滾尿流啊？呵呵呵！」

大胖子四哥端著酒盅啃著羊腿肉出現在二哥身旁，本想要調侃劉離，現在反而被么弟克烈得道桂反嘲弄著說：「是喔！聽說今天有人在犛牛背上尿褲子耶！嘿嘿！就像五哥說的，敵人是被你那泡尿嚇跑的，所以囉！今天的最大功勞是四哥你囉！」

大夥笑成一團，四哥不理會，無所謂地繼續飲酒，烏娜姑娘瞧見么弟現身，羞澀地鬆開雙手，銅筋鐵骨十一弟也過來照會劉七：「其實五哥的九環斬馬刀才真是厲害！砍殺無數！喂，我說七哥，聽說你把我的齊眉棍弄丟了，看你怎麼賠？」

劉離：「真是對不住！剋多藏小老弟，要不要我去撿兩把武士刀賠給你，讓你傳子傳孫還可以當傳家之寶！真的不騙你的，會增值喔！」

「什麼是增值？武士刀會比得過我的狼牙棒？」原來是刺青大光頭老八陪同大哥

過來閒嗑牙串門子。

老八不服輸地自誇：「還有，誰說五哥最神勇的！你沒有瞧見今天我耍的最爽快嗎？老子我騎在牛背上用我的狼牙棒衝散敵方的陣營，踩死的比受傷的還要多呢！」

大哥：「劉七老弟，你不是說今天會刮風下雨的嗎？」

「嗯！或許是明天吧！」

「劉離哥！你是不是也會觀星相？」

「沒有啦，我不懂的啦！」

「劉將軍你上次提到說要在此當什麼大亨的？」

「那是個人志向，沒什麼。」

血滴子六哥和十弟百步穿楊飛刀手提著酒壺相互勾肩搭背，也過來傳頌自己的英勇事蹟，周遭的人群七嘴八舌越圍越多。

生化老鼠　火炮圍城　援軍不斷　陷入苦戰

日本北九州各地的封建部落先後增援趕到太宰府，藤田經資所率領的武士部隊與守軍大友賴泰的武士隊，以傳統一族一門的戰鬥組織方式，輪番進攻元軍，但最終仍然紛紛敗下陣來退回首府。

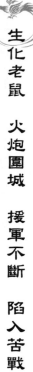

東征軍已兵臨城下，團團圍住整個城堡，日軍的弓箭手早就繃緊神經在城牆邊上嚴陣以待，數十座拋石器與滾燙油鍋也都準備就緒，蓄勢待發。寬百公尺，總長五公里的護城河迂迴地圍繞著太宰府，上頭的八座橋樑早就用粗重的鐵鍊收起來，難以越雷池一步。

黑壓壓的犛牛騎兵部隊一波波地往前列陣，距城堡三百多公尺遠的五十座投石器，早就在老九大力金剛腿伊德勒進燈的指揮與元軍機械手的運作下，將一個個的超大圓形鐵籠子陸續甩出拋向城內。太宰府守軍驚訝地發覺，撞擊到城內瞭望台與屋舍城牆的既非球形鐵炮也非大型石塊，而是個個大如貓兔的老鼠。

圓形鐵籠子崩裂碎開，皮膚上長滿帶狀泡疹的老鼠四處逃竄，飢餓多時的鼠輩只要一見到人畜與穀物，毫不畏生，一照面就是瘋狂地飛撲啃咬，身上流出的鮮綠色膿汁，轉眼間就汙染了城內的整個飲用水與糧草。

婦孺與長者聞到陣陣的潰爛腐屍臭味，無不驚慌失措、尖叫四起，城內部分守軍被調配出來忙著撲殺萬頭攢動的老鼠。城外元軍只是靜待著太宰府內因為這起傳染疾病而自動崩解，可以不費一兵一卒地攻城掠地。

圓形鐵籠子已經全數丟進城內，數十座拋石器改成拋出球形鐵炮，日以繼夜地疲勞式攻擊，讓日軍應接不暇、疲於奔命地撲滅房舍的火勢和毒老鼠。松浦黨、原田一族等各隊武士先後趕到，援軍終究還是來遲一步，只能在遠方山頭上眼睜睜地看著城內哀鴻遍野，爆炸聲響此起彼落，火光四起，城牆被炸開震裂崩落。

大哥達格瓦摩羅和刺青大光頭老八雲謝飛缽親自帶領五十位兵卒與十多隻藏獒狼

組成一支截擊部隊，沿著附近的森林巡狩防堵援軍的突襲。三哥獨眼龍阿拉格力風協同十弟百步穿楊飛刀手阿日斯蘭惠馱，則是帶領另一支尖兵部隊負責掃蕩逃竄的殘兵敗將。

果然在太宰府後方數里遠的半山腰，大哥的部隊受到一支山田氏武士騎兵用弓箭偷襲，數十位元軍中箭受傷落馬。

「咻！咻！寶貝們！衝上去給我狠狠的咬！」

大哥用口哨命令尖兵藏獒狼前往攻擊，由於犛牛體型較大，在森林裡機動性較差，無用武之地，他乾脆跳下牛背舉起關刀隻身衝向前方迎敵。身中數箭的藏獒狼依然英勇地猛撲上去咬住馬腿，日軍的駕騎受到牽制不支翻倒，東洋武士手舉兵刃刺殺馬匹身旁的藏獒狼，大哥手上關刀揮向前擋掉眼前的武士刀營救獒狼。

老八帶領數人繞到背後夾擊，手中的狼牙棒敲掉敵方的武士刀後飛撲上去，與日軍在地上扭打成一團，威猛無比，沒有人敢與他正面遭遇。

關刀在大哥的雙手腕內，輕盈地做出時而頭頂、時而胸前的急速大翻轉，逼退武士們數步後，他突然騰空一躍，關刀有如靈蛇出洞似的刺出，武士刀擋不住萬鈞之勢，胸口當場中刀鮮血直流。

壯碩的雲謝飛缽背脊雖中了一箭，但是仍用優勢的體型壓制對手，再用狼牙棒敲破武士們的腦袋。

「吖！吖！噗！中！」達格瓦摩羅欺身進逼，他突然來個鷂子翻身，再來個騰躍翻旋，關刀如飛龍在天，刀光閃動，武士們反應不及當場被開腸剖肚、人頭落地。

截擊部隊退敵後，僅存的元軍士兵們合力攙扶帶頭大將軍坐下休息，他們檢視大哥的傷勢才發覺達格瓦摩羅的腿部與肩胛早已各中一箭，鮮血淋淋染紅了盔甲。

來自北九州月田和栗多的增援部隊源源不絕地湧進，試圖突破重圍進城營救。鬼頭刀二將軍帶領血滴子六將軍堅守崗位、奮力頂住，極力補強東南邊被衝散的陣營。雙方近身肉搏，刀光劍影連番纏鬥。

「四哥，你受傷了！趴在地上不要亂動！不要亂動！」

大胖子四哥被刺中右腿，一不留神背部也被連砍中四刀，他翻下牛背倒臥沙場，手中的追魂戟掉落在地上，么弟克烈得道桂奮不顧身地上前搭救，他無法背起肥胖的伊日畢思優婆，僅能守在四哥身旁，他拔出鴛鴦雙劍忙著防守禦敵。

「這些日軍到底是哪兒來的？怎麼會越來越多，到處都是！大哥又還沒有回來？」

劉離一直跟在銅筋鐵骨十一弟蘇日勒和剋多藏的後面，十一弟揮擊手中的三節棍忙著在前面開路，突然劉七的座騎身中數箭，他跟著牛隻撲倒在地，武士們見機不可失，縱身揮刀劈向劉離，自信擁有金鐘罩鐵布衫的蘇日勒和剋多藏一把抱住劉離任憑砍殺，一般的兵刃當然無法傷他分毫，但是削鐵如泥的武士刀就另當別論了，他身上的盔甲支離破碎，自己也是傷痕纍纍。

偃旗息鼓　殘船造寨　兄弟失聯　烹食犛牛

鬼頭刀二哥在主戰場上第一次接替大哥的指揮大權，他慌了手腳，生疏地調度整個軍團。五哥智多星見狀，急忙過來獻策：「二哥、六弟！快點喚回所有的藏獒狼集中火力守住缺口！陣營千萬不要被突破！要挺住！撐到大哥回來！」

「嗚！」傳令兵得令後，高舉號角吹出召回狼群的訊號，剎那間藏獒狼群全都極速奔回東南方陣營的缺口處，傾全力退敵。

笨重的犛牛機動性不佳，雖在衝鋒陷陣時相當好用，一旦兵臨城下時反倒是成了日本守軍的箭靶，城內的拋石器不斷拋出大型石塊，弓箭手也專挑犛牛龐大的身軀當標的，犛牛一排排倒下，沙場上不忍卒睹地躺滿黑色的犛牛屍體。

濃濃的煙硝遮雲蔽日，天空下起了毛毛細雨。天色漸暗，雙方打得是如火如荼、難分軒輊，各地徵調的日軍部隊正在前仆後繼地加入護城戰鬥。

傳令兵：「大將軍、八將軍全都回來了！截擊部隊的兄弟們也回來了！」

簡易搭起的遮雨營帳外頭，傳令兵老遠地就傳遞回來好消息，大哥達格瓦摩羅被部隊的官兵們狼狽地背著奔回陣營，老八雲謝飛缽也是一拐一擺地慢慢跑回來，他的情況也好不到哪兒。

五哥智多星急忙建言：「二哥請快點下令，部隊先行撤兵！退守回到船上維持戰力，再做定奪！」

前線戰情陸續回報，眾人七嘴八舌：「不行！不行！撤不得！三哥他們還沒有回來，還是和大哥商量過後再說！」

「我們要快一點做出決定，看是要留在原地還是回防三十里路？」

傳令兵：「回報二將軍！四將軍他人傷的很重，克烈得道桂將軍他們正在抬他回來，十一將軍也已經回來了，但是傷勢也都不輕！」

二將軍：「劉七將軍呢？他人呢？有沒有事？有沒有人看到？」

眾人議論紛紛，醫護兵忙進忙出地救助包紮受傷的兄弟們，此時二將軍瞪了大眼，思緒好亂，他沒有辦法當下做出決斷。

大力金剛腿老九丟下投石器的監督任務，緊張地回來關心兄弟的安危，大胖子四哥渾身是血，虛弱地躺在擔架上，他仍故作鎮定安慰大夥：「我沒事！一點小傷而已，阿拉格力風、阿日斯蘭惠馱他們應該不會有事的！老么、老六，我們是不是應該要派人去支援他們？」

傳令兵：「回報二將軍！七將軍自己回來了！他們沒有事，安然無恙！」

原來是劉離送十一弟蘇日勒和剋多藏回來營地後，又逕自跑去護持老八雲謝飛缽。血滴子六將軍與醫護兵正在合力拔除大哥身上的斷箭。鬼頭刀二哥帶領其他兄弟過來關心他的傷勢，一方面也要聽聽大哥的意思。

大哥：「二弟！緊急傳令下去！全面暫停攻擊，咱們退守到戰船上，保持戰力重新整軍，至於老三他們應該是暫時失聯了！放心好了，吉人天相，十弟阿日斯蘭惠馱也不是省油的燈，日軍奈何不了他們的！就這樣子決定了！撤！快點下令！」

劉離：「大哥！不可以退守船艦上！我們只能在陸地上紮營寨，你看外面正在下雨，萬一再遇到狂風，傷亡就會更加重！我不能讓歷史重演！」

大光頭老八：「喔！劉七老哥！你的預測到底準不準呀？只是飄了一兩滴的水，沒事的，放心好了。我看咱還是聽大哥的！」

劉離跳出來急忙阻止，但是躺在旁邊養傷的滿臉刺青大光頭老八，信誓旦旦地拍胸脯保證。營帳外的雨勢漸強，太宰府內狼煙四起，兩軍對峙已不再如此慘烈，只有偶發的零星戰鬥。

沿著海邊沙灘，士兵們集體彎腰撿拾殘破的船隻木塊，然後工兵運用它們堆疊起三座大型的前進碉堡，入夜過後，海上的風浪特別大，營區四周架起數百個火鼎，煤油淋在漂流木與牛糞上再點燃熊熊烈火，燈火通明有如白晝，這是大將軍特別吩咐下來的，他希望走散的獨眼龍三弟阿拉格力風和百步穿楊飛刀手十弟阿日斯蘭惠馱可以找到回家的路。

空氣中瀰漫著一股令人作嘔的濃濃烤焦味，這是太宰府城內正在用柴火集體處裡掉屍體所散發出來的異味。鬼頭刀二將軍孛日帖風鉞陪同王子岱欽與王子妃站在瞭望台上，面對硝煙裊裊橫屍遍野的戰場，臉上不由得露出哀傷悸動的神情，大力金剛腿老九伊德勒進燈走了上來。

二將軍對他說：「我們的糧草可能會不足，先烹煮犛牛給士兵們吃吧！老九你說如何？」

九將軍不解：「二哥？為何要殺犛牛來吃？那我們要騎啥打仗呀？」

二將軍釋疑：「九弟！你沒有看到外頭那些死亡的犛牛屍體？我的意思是說調派一些士兵拖幾隻回來肢解後煮給大夥果腹，牠們都是今天戰死的，肉還很新鮮，再過幾天後就會有屍臭味了，至於藏獒狼……」

九將軍嚇了一大跳：「啊！你也要吃藏獒狼？不是吧！二哥？」

二哥：「欸！我怎麼可能會吃自己的戰友呢！我是要請你負責厚葬牠們與死去的弟兄們，麻煩你了！」

正當二將軍與九弟私下在商討研究如何善後一事，此時肩胛中箭失血過多的大哥、背脊中箭的老八、腿部背部受傷的大胖子四哥與銅筋鐵骨十一弟正在樓下房內療傷呼呼大睡，御前將軍們失蹤加上受重傷的已佔去一半。

智多星老五和血滴子雙鈸老六，兩位將軍各領十位士兵趁著淒風苦雨的夜晚，分頭去尋找三哥所帶領的尖兵部隊，以及其他被衝散的戰友。過了數個時辰，兄弟二人與多隻藏獒狼一無所獲地回營，他們向二將軍報平安時已全身濕透狼狽不堪。

老么克烈得道桂正巧也已經套好盔甲，腰繫鴛鴦雙劍整裝待發，他準備單獨一人與一頭自己所屬的藏獒狼隨行，接手哥哥們的搜尋任務。

劉離垂頭喪氣：「二哥！為何你們都不指派任務給我？我也要跟老么出去找三哥、十弟他們，你們是不相信我的能力嗎？」

毒藥發作　陷入昏迷　生死關頭　總管出手

從一開始投入戰場到現在，劉離就覺得大哥他們一直把他晾在一旁，好像怕他受傷似的還是嫌他礙手腳，他忍到現在才脫口質疑，兄弟們面面相覷。

二將軍安慰著說：「對不起劉七老弟，這是總管千交代萬叮嚀的，在緊要關頭之前，儘量不要讓你受到任何傷害，免得誤事，況且你為了讓整隻艦隊重返戰場，協助兄弟們解除魔咒，也付出得夠多了！各位兄弟們，你們說是嗎？」

劉離有些怒氣：「『緊要關頭之前』？二哥！你在說什麼？我是真的聽不懂？」

二將軍：「我們也不知道總管葫蘆裡賣的到底是啥藥？反正他怎麼說我們就怎麼做！」

克烈得道桂趁著他們在爭論不休時，偷偷的帶著自己的藏獒狼從旁邊溜走，恰巧總管與女兒塔青烏娜手上各端著一大鍋熱騰騰的犛牛肉雜火鍋，進入營房內給將軍們填飽肚子。

總管：「來吧！各位軍爺們！先喝碗熱湯暖暖身子，有事等會兒再商討吧！」

烏娜：「各位軍爺哥哥！這些是九將軍吩咐伙夫們特別熬煮的，請嚐嚐看！」

烏娜特別添了一大碗的牛雜湯給她心愛的劉離哥，劉離悶著頭呼嚕地喝著手上的那碗湯，他不發一語，怕影響大夥的興致。總管想喚醒大將軍起床喝湯補身子，他順手摸了一下躺在床上療傷的四位將軍們額頭。

總管突然驚叫一聲：「唉呀！糟糕了！好燙！他們全都在發高燒，你們瞧，他們好像都陷入了重度昏迷，而且傷口有惡化的現象，再不想辦法退燒會有生命危險，女兒快跟我來！」

總管父女們三步併做兩步衝出營舍外，剛出房門烏娜又折返回來說：「家父特別交代，請把四位軍爺身上的衣物全數退去，然後再用溫水擦澡降溫，請諸位哥哥切記！還要多燒點飲用水喔！」

人待在營寨內就可以聽到外頭飛沙走石、狂風驟雨，以雷霆萬鈞之勢拍擊在碉堡城牆上的肆虐聲響。時間分秒地過去，眾人只能靜待總管趕快想出醫治的法子，碰一聲，九將軍撞開房門，他親自捧著一包粉狀的藥物急忙來到床邊，總管父女也跟在後頭走進房內。

總管：「這就是解藥！也就是上次跟各位提及的犛牛角粉末，裡面還混合少許的金銀花。來吧！請各位幫個忙扶他們起身，我來給將軍們服下！」

烏娜：「各位軍爺哥哥！待會你們也都要用藥喔！順便解毒一下！」

九將軍：「牛角粉已經全數發配下去了，數量絕對足夠給所有的士兵們服用的，總管大人！是不是國師下的毒已經開始發作了？」

總管點頭稱是，他與烏娜正在忙著給病患服藥治療傷勢。

老九瞧了一下房內的成員：「耶！克烈得道桂呢？老么人他呢？去哪兒啦？」

六將軍回他的話：「輪到他出門去了，怎麼啦？」

六哥哈日查蓋曇晟才回了話，五哥博日格德夜多立即反應過來：「糟糕！就剩下他還沒有服下解藥，前後就差那麼一步，希望他們能夠及時趕回來。」

王子過來探視並且致意四位將軍的病情，二將軍領頭跪拜請安，王子哀痛動容不捨地頻頻撫摸大將軍的滄桑臉頰。

王子關切地問：「崑崙總管！藥效還要多久才會知道？他們痊癒的機會究竟有多大？」

總管謙虛地回話：「回殿下的話！小的才疏學淺懂得不多，不過至於效果如何？犛牛角粉當然比犀牛角粉差多了，等他們的高燒退了自然就會醒過來，卑職已經盡力，其他的部分就交給老天爺了。」

王子歉疚地說：「真是辛苦各位了！七百多年來受盡各種折磨，吃足了苦頭，才剛剛解開枷鎖，還要到這裡接受另一番的考驗，父王降下的詛咒到底是解除了沒有？我們還要再接受多少的苦難呢？我真是受夠了，有什麼事就衝著我來好了，由我一人來承擔，不應該再把各位拖下如此這般的煉獄。」

崑崙總管不敢回話，大力金剛腿老九，一聞言心中就有一股怒氣：「對呀！劉離哥歷經千辛萬苦把遺失的東西全都找回來了，地藏王菩薩也助我們一臂之力，送我們回到戰場，兄弟們在這次的戰鬥中傷亡也不少，但就是不見有任何的轉變跡象呀？」

五哥附合著說：「說的對！劉七要我們別回到船艦上，就是為了要避開暴風雨的襲擊，免於重蹈『歷史』的覆轍！我們也都照辦了，可是怎麼一點都看不出來詛咒有被破解的變化？」

六哥不解：「到底是哪一個環節出錯了？國師下的毒藥也都被總管化解開了，還是說我們遺漏了什麼東西沒有收集齊全？不對呀！我們都是根據菩薩和福德爺的明確指示做的，不會有錯的呀！是不是，總管大人？」

五哥智多星與六哥哈日查蓋曇晟也提出了各自的質疑。

劉離越聽越毛：「對不！後悔了吧？我就說嘛！我們在出發之前，我就一直提醒各位，是否還少了一樣東西？菩薩也真是的！卻要急著帶我們回到這裡，五樣就該是五樣嘛！還說什麼『將就一點』沒有關係。你們看吧！沒轍了吧？」

總管知道這是在指桑罵槐，不過他依舊沉默以對不答話，烏娜在一旁幫腔：「唉喲！我知道劉離哥說的是『火』，對不對！可是你看我們的營區外頭到處都是燒得火紅的火鼎，這樣子應該夠了吧？應該沒有缺啥了吧？咱要不要把箱子拿出來再仔細探究一次？」

這是一個難得的機會，讓蒙古大軍體驗一個令他們既陌生又心悸的夜晚。超強暴風雨沒有停歇的現象，停泊在海岸邊的船艦早就命令軍士們要緊緊地栓在一起，但是整排的船隻仍被捲起的驚濤駭浪推起高達數十尺，在房子裡面依稀還可以聽到船板被撕裂的清脆聲響。

劉離：「不知道么弟克烈得道桂找到三哥與十弟了沒？是否都平安？」慕容劉離憂心不已，博日格德夜多與哈日查蓋曇晟合力把大寶箱抬了進來，裡面的四樣寶物一一完好地被拿出來，擺放在王子的跟前。王子蹲下來把綠色大石碑擺正，然後再把十二顆山桃種子、黃金鋤頭和裝滿血液的罐子等全部集中靠在一起，最後再把烏娜所說的火鼎拿過來，大夥全都圍了過來屏息以待、靜觀其變。又過了一個時辰，已經有人開始不耐煩了。

九將軍質問：「總管大人！我記得您曾經說過『五種元素合體後，詛咒自然會迎刃而解』，對不對？好啦！全都到齊啦！時辰都過了這麼久，我真的看不出來有啥變化？各位兄弟你們誰有『詛咒』被解除的感覺？」

大力金剛腿老九最先發起牢騷，鬼頭刀二哥示意要他坐下不要激動，總管快要被問倒了，他只是默默地站在王子殿下旁邊，五將軍、六將軍面面相覷不敢多嘴，烏娜與劉離親暱地相擁在一起，橫躺在床上的四位將軍高燒仍然未退，傷口繼續在潰爛。

一陣急促旋風順著牆上的多道縫隙吹了進來，分外尖削，火鼎上的烈焰被颳的呼呼作響，海上船索被巨浪應聲扯斷，戰艦交互撞擊的轟隆聲響傳入營寨內。

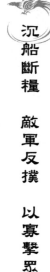

沉船斷糧　敵軍反撲　以寡擊眾　噩運不斷

「十二將軍平安回來了！獒狼也沒有事！他們全都回來了！快開城門！」

天剛亮，瞭望台上的軍士老遠的就看到他們的身影，緊急地對內呼叫傳達訊息。多位弓箭手奔上牆頭怕後有追兵，各個拉滿弓，警戒護衛著，一直等到他安全進入城寨內。二將軍領頭奔出房外迎接老么回來；隨身的藏獒狼背著一把三將軍獨眼龍的貼身兵器雷公錘，口中咬著十將軍百步穿楊飛刀手的袖中刀鞘最先衝進來，渾身是血的老么克烈得道桂踉蹌地倒在二哥的懷中：「各位哥哥我回來了！」

話一說完老么立刻暈厥過去，烏娜見狀不可置信的驚聲尖叫，她顫抖地指著整條左手臂被慘遭斬斷的克烈得道桂說：「爹！你看！」

她不忍卒睹、痛徹心扉地趴在劉離的肩膀上哀傷不已，兄弟們合力抬老么入內，總管急忙為他清理醫治傷口；二將軍手中握著雷公錘與袖中刀鞘，心中一直有不詳的預兆湧上來：「三弟他們是凶多吉少了，我看還是等他醒來再問他整個事情的經過！九弟！請派人餵點東西給獒狼吃！」

二將軍難過地說：「真不應該在風雨交加的夜晚讓他出門的，太急躁了！」

二將軍繼續向總管求助：「總管！您是否也該幫么弟解毒！否則傷口也是難以癒合。」

衛兵：「二將軍！不好了！船隻沉了，很多的糧草都泡在海裡，怎麼辦！」

營寨外的衛兵慌張的入內向二將軍通報，將軍們這下糗大了，他們沒有料到會遭遇到如此巨大的風浪，當初若不是劉離的極力建言，以及考慮到水兵們的安危才會暫時卸下船上一小部分的貨品，否則損失還會更大。

王子與將軍們全都到了瞭望臺，望著海面上支離破碎的船帆桅杆，讓人怵目驚心的殘破不堪景象，心情全都跌到谷底。

王子無助的說：「這下子好啦！牧草泡了海水，牛隻沒有草料可以吃了！」

二將軍失望的回話：「士兵們鐵定要開始餓肚子了，沒有食物他們必定要宰牛隻來果腹，眼前大部分的船隻也都破損失去動力，我看連撤軍都相當的困難。」

衛兵：「二將軍！探子回報！在屋外候傳。」

王子與二將軍孛日帖風鈸在營寨內引見探子，報告前方軍情：「稟報王子殿下、二將軍！來自各地的部落武士隊增援不斷，人數大約有二十多萬，還有太宰府的八個城門全部開啟，橋樑也都被放下來了，依照判斷可能會發動攻擊，還有……」

二將軍內心不安地問：「還有呢？有沒有三將軍與十將軍他們的消息？」

探子單腳一跪：「有的！全都瞧見了！他們兩位全都被扒光衣服，高高地吊在城牆上示眾，可見敵方有挑釁的味道。」

二將軍小聲的問：「死了沒？」

探子跪著回話：「回將軍的話，太遠了，小的，無法判斷！」

五將軍插嘴：「應該還沒有！沒有那麼簡單！幕府他們想藉此激怒我們，打擊軍心，讓我們自亂陣腳，真是有夠狠的！」

五將軍：「我們這算是『破釜沉舟』吧？我們在此真的是孤立無援，如今只有以寡擊眾、奮力一搏了！」

智多星博日格德夜多在一旁冷靜地分析判斷，血滴子六將軍扳著一張臉低頭沉思，九將軍伊德勒進燈腿一軟坐了下來。

劉離心有不甘地說：「在這個節骨眼，連老天爺都要遺棄我們，地藏王菩薩呢？福德爺呢？都躲到哪去了？竟然遺棄咱們不顧，我看就算躲得了暴風雨還是躲不了這一關，這下子可好了！當不了酒店大亨也沒辦法炒地皮，命運多舛呀！真是沒有發財命！」

總管父女在隔壁病房內與幾位醫護兵忙著搶救攸關生死、命在旦夕的五位將軍性命。博多港灣和玄界灘上的暴風漸漸消散，雨勢也暫歇，就在此刻幕府軍隊積極地在城外緊鑼密鼓地集結武士佈署列陣，換成元軍背水一戰採取守勢。

二將軍孛日帖風鈸派出大力金剛腿九將軍帶領一支軍隊把船骸一排排的倒插入沙灘上當成障礙物，負責守住第一道防線；三百多隻藏獒狼則是安排堵在第二道防線，聽候二將軍的口令；僅存的犛牛陣分布在左右兩側由五將軍智多星指揮，作為衝鋒陷陣之用；最後，三個營寨城牆上的弓弩手全數悉聽血滴子六將軍的旗號。

果然如劉離所料，他還是被安排在後勤的武器補給上頭，軍令如山，他又不敢抗命，讓他感到很不是滋味。傳令兵把營寨內的十二顆山桃種子和裝滿十二位御前將軍歃血為盟的罐子遞交給二將軍，他當著軍隊的面，把兩樣東西用力灑向前方兩軍對峙的沙場上。

二將軍陣前喊話：「各位同袍！各位弟兄！剛才我已經代替大將軍把種子全數播種下來了，血液也滋養了種子，今天這一戰不管輸贏如何，我就是要把這一條命留下來落地生根，這是當初我們所發的誓盟，豁出去啦！咱們只能背對著大元帝國不准回首！戰到一兵一卒，來生再續前緣，當咱的好兄弟！」

二將軍的陣前喊話還沒說完，奇蹟出現了！就在此時，大將軍竟然手持關刀跨騎在牛背上，威風凜凜地帶領其他四位將軍，出現在士兵們的眼前。此舉元軍士氣大振、氣勢如虹，歡呼聲響徹雲霄。

大將軍眼神祥和地說：「老二，辛苦你了，謝了！說什麼我都不應該缺席的，咱哥兒們肩並肩再戰一回！如何？我的好兄弟！」

二將軍瞧見大哥跨下的牛背上，鬃毛沾滿了血水，他不禁熱淚盈眶，其餘面如槁木的四位將軍在總管的妙手神醫下也都甦醒回神了過來，陸續跟在大哥的後頭，準備加入戰鬥的行列。

九州諸國部隊有備而來，全都出籠了，各式各樣無數的軍旗迎風飄蕩，軍容聲勢非常浩大，秋風蕭瑟，草木含悲，一場肅殺的氣氛正要展開。

擂鼓齊鳴不絕於耳，日本士兵在指揮官的一聲令下高舉武士刀，正面迎向蒙古守軍做出一波波的衝刺。六將軍揮動手上的旗號，牆上弓箭排山倒海地射出。

九州聯合部隊攻抵木樁障礙物前，兩軍近身肉搏，藏獒狼群得令後猛撲上前，一陣狂咬，五將軍的犛牛陣由兩側切入夾擊，日軍的第一波攻勢大亂，被斬殺無數死在灘頭堡上，其他生還者夾著尾巴四處逃竄。

大將軍的座騎緩緩向前行進，耳邊長長兩串的辮子向後輕輕地拂動，其餘八位御前將軍排成一列，趕上前去跟隨在大將軍的兩邊。部署在第一線的元軍主動跟在軍爺們的座騎後頭，各個手持蒙古大刀，向前列陣邁步，準備迎頭痛擊二十萬日本武士刀大軍。

拋頭顱　灑熱血　地藏王顯靈　火鳳凰發威

劉離：「總管大人！你看！我方為數眾多的軍士們，倒臥在沙場上曝屍荒野，為何五種元素都已經合體了，竟然不見各方神靈來度化他們的魂魄呢？」

總管：「喔？是嗎？合體了嗎？昨晚九將軍伊德勒進燈反問我曾提過的『五種元素合體後，詛咒自然會迎刃而解』這句話，不過他只對了一半，依菩薩的指示是說在於『意念』，沒有了意念就無法發生作用，一切將前功盡棄功虧一簣！」

崑崙父女與慕容劉離站在瞭望台上，鳥瞰著血濃於水的兄弟們，正在置生死於度外地衝鋒陷陣奮勇殺敵，只見大將軍達格瓦摩羅舞弄關刀手起刀落，幻化招數所向匹靡，如入無人之境，所到之處無不人頭落地。

劉離：「總管大人！這當下我該怎麼做？請明說無妨，我不能眼睜睜地看著兄弟們血都要流乾了，我竟然還是束手無策？我非常地惶恐！」

總管：「你還記得我曾追憶過你的養父兀良哈是雄霸一方的領主嗎？其實他也是慕容部落的拜火教教主，養父在你的名字裡取了一個『離』字，它在易經八卦裡代表的就是『火』。就是這個緣故，福德爺在土地廟宇把你託養給你的母親劉穆妡時，你的臀部就已經有了兩片天生的紅色胎記，這一連串的巧合其實都是上天註定下來的，怨不得！」

劉離：「這一切都是地藏王菩薩告訴你的，對吧！我懂你們的意思了！我全都懂了！整個事件的關鍵點全在於我，一開始福德爺指派水牛阿德帶我到城堡時，就篤定我要走這一遭，『意念』是吧！要考驗我是嗎？」

弓箭手：「地藏王菩薩出現了！菩薩顯靈了！」

有一位眼尖的弓箭手瞧見一團透明的金黃色光芒，出現在遠方的山頭上閃閃發亮，祂似乎正在凝望著太宰府前無數生靈被埋葬的沙場，只因在這片大地上，唯有無心才能看到真相，生命無常如剎那火光。

來自四面八方的幕府軍團前仆後繼蜂擁而至，逐漸地吞噬掩沒掉御前將軍們帶領的軍隊。劉離手握金鋤頭步出營寨，他褪去身上衣物，全身赤裸地走向他的犛牛座騎，他整片背脊上紅通通的印記越發顯現出一整隻大鳥的輪廓，劉離提著一桶火油，二話不說地就躍上牛背。

劉離咆哮狂呼：「這個時候才出現！祢來幹嘛？等著來收屍的嗎？說對了吧！去他的酒店大亨！去他的炒地皮！我看還是等下輩子再說吧！」

烏娜哀求：「劉離哥！我要跟你走！我不想再跟你分開了！請帶我一起走！求求你！」

塔青烏娜放開他父親的雙手奔向劉離，她雙眼噙著熱淚，緊緊握著他的手。

劉離一顆撼動的心久久不能自己，他奮力地一把將烏娜拉起跨坐在背後；烏娜摟著他的腰，劉離高舉火油桶子從他的頭部往下潑灑，整條牛隻也被他淋得黏答答的。

犛牛似乎通靈，一坐定，牠就逕自向前方奔跑，笨重的身軀越來越加輕盈，奔馳的模樣就像是福德爺飼養的水牛阿德似的，犛牛瞬間往前衝刺，飛躍過營寨前方的火鼎，肚皮下的長長鬃毛劃過鼎爐上的火焰，立即引燃滴下來的火油，眨眼間火勢向上蔓延竄燒。

悽慘的哀嚎聲劃破時空，受到火舌灼燒的痛苦身影不停扭動掙扎，一團炙熱火紅的大火球，如流星般衝向天際。遠方山巔上的地藏王菩薩，左持寶珠，右持一根錫杖緩緩地張開雙臂，大火球逐漸變成一隻拖著白尾巴的火鳳凰，悽厲的叫聲變成尖銳的鳥鳴聲，祂急速轉向，筆直地衝向太宰府城。

火鳳凰全身迸出火花與白色閃光，千餘度的高溫，所到之處無不化為焦土。

火鳳凰摧枯拉朽般衝垮日軍的陣營，以迅雷不及掩耳的速度帶走吊掛在城牆上的兩位將軍遺體後，開始在戰場上空盤旋畫圈。

戰死在沙場上、為國捐驅的御前將軍們與士兵們的身體，同時逐漸地漂浮了起來，也跟著火鳳凰一起急速旋轉；天際烏雲密布、雷電交加，漏斗形的黑暗雲柱由天而降。

將士們的體內逐一迸出萬道金黃色光芒，與炙熱的火鳳凰融合成為一體後越轉越快，瞬間就飆向萬丈高空，轉化成為一團巨大的白色彗星俯衝下來，地面被撞凹了一個直徑寬達十里的巨大天坑，一時之間山崩地裂，鬼哭神嚎，拔山倒樹，昏天黑地。

海面上也翻騰起洶湧的浪濤海嘯，周遭的事物無一不被捲入這千仞峽谷的暗黑魔窟之中，就在一陣天搖地動、人仰馬翻之後，頃刻之間大地又恢復了平靜。遮雲蔽日的天空開始下起了七個晝夜、毫不間斷的傾盆大雨，洗盡塵世之間的血腥暴戾之氣。

從那一天起，日本北九州一帶歷經了三十年的大小瘟疫，多年後才日漸消散。

歷經了七百三十多年的時序景物變遷，事世的更迭，「閒雲潭影日悠悠，物換星移幾度秋」，鄰近太宰府這裡有一頃波光粼粼、水石明鏡的湖泊，遊客如候鳥成群，每年四月如期依約出現在碧綠的湖面上，波光映照奼紫嫣紅山桃花的儷影。每年的十一月中旬午夜時分，那一顆靜靜躺在湖心的「大哉乾元」綠松石大石碑，會射出一道綠色光芒將月影四周都染成一片的翠綠色彩，幸運的話還可以向飛掠過的浴火鳳凰祈福。

一日，羅貴旺的大兒子從銀行興奮地帶著黃金存摺回家，告訴他的母親說：

「媽！妳看我的存摺內怎麼會多出四萬四千四百兩的黃金，是一位署名叫劉離的人存進來的，他是誰呀？」

忽必烈的詛咒

作　　者　林勝欽

發 行 人　林敬彬
主　　編　楊安瑜
編　　輯　黃谷光
內頁編排　詹雅卉（帛格有限公司）
封面設計　黃宏穎（日日設計）

出　　版　大旗出版社
發　　行　大都會文化事業有限公司
11051台北市信義區基隆路一段432號4樓之9
讀者服務專線：(02)27235216
讀者服務傳真：(02)27235220
電子郵件信箱：metro@ms21.hinet.net
網　　　　址：www.metrobook.com.tw

郵政劃撥　14050529 大都會文化事業有限公司
出版日期　2013年09月初版一刷
定　　價　199元
ISBN　978-986-6234-62-0
書　　號　Story20

4F-9, Double Hero Bldg., 432, Keelung Rd., Sec. 1, Taipei 11051, Taiwan
Tel: +886-2-2723-5216　Fax: +886-2-2723-5220
Web-site: www.metrobook.com.tw　E-mail: metro@ms21.hinet.net

大旗出版 BANNER PUBLISHING　大都會文化

國家圖書館出版品預行編目資料

忽必烈的詛咒 / 林勝欽 著. -- 初版. -- 臺北市，大旗出版：大都會文化發行, 2013. 09
240 面；21 × 14.8 公分.

ISBN 978-986-6234-62-0（平裝）

857.7　　102016158

大都會文化　讀者服務卡

書名：**忽必烈的詛咒**

謝謝您選擇了這本書！期待您的支持與建議，讓我們能有更多聯繫與互動的機會。

A. 您在何時購得本書：______年______月______日

B. 您在何處購得本書：____________書店，位於____________(市、縣)

C. 您從哪裡得知本書的消息：

1.□書店　2.□報章雜誌　3.□電台活動　4.□網路資訊

5.□書籤宣傳品等　6.□親友介紹　7.□書評　8.□其他

D. 您購買本書的動機：（可複選）

1.□對主題或內容感興趣　2.□工作需要　3.□生活需要

4.□自我進修　5.□內容為流行熱門話題　6.□其他

E. 您最喜歡本書的：（可複選）

1.□內容題材　2.□字體大小　3.□翻譯文筆　4.□封面　5.□編排方式　6.□其他

F. 您認為本書的封面：1.□非常出色　2.□普通　3.□毫不起眼　4.□其他

G. 您認為本書的編排：1.□非常出色　2.□普通　3.□毫不起眼　4.□其他

H. 您通常以哪些方式購書：(可複選)

1.□逛書店　2.□書展　3.□劃撥郵購　4.□團體訂購　5.□網路購書　6.□其他

I. 您希望我們出版哪類書籍：（可複選）

1.□旅遊　2.□流行文化　3.□生活休閒　4.□美容保養　5.□散文小品

6.□科學新知　7.□藝術音樂　8.□致富理財　9.□工商企管　10.□科幻推理

11.□史地類　12.□勵志傳記　13.□電影小說　14.□語言學習（____語）

15.□幽默諧趣　16.□其他

J. 您對本書(系)的建議：

____

K. 您對本出版社的建議：

____

讀者小檔案

姓名：______________ 性別：□男　□女　生日：____年____月____日

年齡：□20歲以下 □21～30歲 □31～40歲 □41～50歲 □51歲以上

職業：1.□學生 2.□軍公教 3.□大眾傳播 4.□服務業 5.□金融業 6.□製造業

7.□資訊業 8.□自由業 9.□家管 10.□退休 11.□其他

學歷：□國小或以下 □國中 □高中／高職 □大學／大專 □研究所以上

通訊地址：______________________________

電話：（H）______________（O）______________ 傳真：______________

行動電話：__________________E-Mail：______________________

◎謝謝您購買本書，也歡迎您加入我們的會員，請上大都會文化網站 www.metrobook.com.tw 登錄您的資料。您將不定期收到最新圖書優惠資訊和電子報。

忽必烈的詛咒

北區郵政管理局
登記證北台字第9125號
免　貼　郵　票

大都會文化事業有限公司

讀　者　服　務　部　　收

11051台北市基隆路一段432號4樓之9

寄回這張服務卡〔免貼郵票〕
您可以：
◎不定期收到最新出版訊息
◎參加各項回饋優惠活動

大旗出版
BANNER PUBLISHING